著 周大新

中国短经典

麦粒

天上掉

人民文学出版社

图书在版编目（CIP）数据

麦粒天上掉 / 周大新著 . -- 北京：人民文学出版社，2022

（中国短经典）

ISBN 978-7-02-017339-6

Ⅰ . ①麦… Ⅱ . ①周… Ⅲ . ①短篇小说－小说集－中国－当代 Ⅳ . ①I247.7

中国版本图书馆 CIP 数据核字 (2022) 第 135318 号

责任编辑　朱卫净　郭良忠
封面设计　李苗苗

出版发行　人民文学出版社
社　　址　北京市朝内大街 166 号
邮　　编　100705

印　　刷　上海盛通时代印刷有限公司
经　　销　全国新华书店等

字　　数　120 千字
开　　本　889 毫米 ×1194 毫米　1/32
印　　张　8.75
版　　次　2022 年 8 月北京第 1 版
印　　次　2022 年 8 月第 1 次印刷

书　　号　978-7-02-017339-6
定　　价　59.00 元

如有印装质量问题，请与本社图书销售中心调换。电话：010-65233595

目录

暮霭 001

怪火 015

老辙 031

登基前夜 057

金色的麦田 073

释放 107

现代生活 125

圆月高悬 139

屠户 161

武家祠堂 195

明宫女 215

泉涸 241

暮霭

我有一个姑姑。

那时候我们还是富户。

爷爷在宛城开了一家染坊，日染二十来匹白布，生意也算兴隆。据说每隔三天，我爷爷就能用他那双被蓝靛染得看不出眉目的手，从钱箱里数出一沓票子。因此我姑姑十五岁时，就能很气派地提着花布书包，走进当时宛城唯一的一所师范学校，坐在木桌前读一本本很厚的书。

我姑姑读到十七岁时，据说已经变得十分漂亮，惹得不少男子常去我家染坊。漂亮的程度我说不大清，因为我见到姑姑时，她已满脸皱纹纵横，不过我能从两个表姐的身上模糊地想象出姑姑当年的姿色。

十七岁的姑娘本就容易引人注目。何况我姑姑还那么漂亮，所以不论她走到哪里，都总有些目光抓在身上。对此，她开始自然是有些得意，故意地把胸挺得很高，目不斜视地在人群里走，而后猛地放眼一转，看究竟有多少男人在朝自己望。在好多望她的目光中，有两束最强，这就是驻在学校附近那个"国军"团部的刘参谋。刘参谋脸黑，但身材魁梧，黄军装一穿，腰间再把手枪一佩，就有一副标准的军人派头。刘参谋年纪不大，那时也就是二十七八，唇留半月式短胡，黑黑的面孔上肌肉饱满，下颌如铲，是个易让女人感兴趣的角色。他平日若从烟花街过，上前拉他的女人得用十数，但他从来都是把眼一瞪，兀自往前走。

刘参谋一开始是常站在校门外看我姑姑进出，用目光把我姑姑送来送去；后来就借故到学校里来，有时说是找老师借书，有时说是看个朋友，门房并不敢拦阻，只哈腰点头让他进去，他进去就站在教室门口，把坐那里读书的我姑姑仔仔细细看个够。再后来就是送花，每日晨起，把一束花送交门房，让门房给我姑姑，我姑姑那时正是傲的时候，当然看不起粗鲁的武夫，花自然不要，而且有时，还扔花在地，笑着用脚踩。

有一次我姑姑正踩那花时，刘参谋走过来，当时老师和同学们都担着心，怕闹出事，但刘参谋没火，他只是低了头，默看那地上的花，待我姑姑抬起脚走后，他慢慢地弯腰，将地上的残花拾起，凑到鼻前，闻了很久。

这以后，刘参谋再没到学校来。

我姑姑当时拒绝刘参谋的示爱，除了看不起武夫之外，还有一个原因，就是她那时心里已爱上了另一人。那人是姑姑的同班同学，叫梁炯，比姑姑大三岁。那梁炯生得眉清目秀，浑身透着一股英气，而且写得一手好字，学校礼堂里挂的那些条幅，多是出自他的笔。当刘参谋送花时，姑姑和梁炯的关系已进到了交颈接吻的地步。这种情况下，姑姑自然无心再理什么参谋。

一日夜，有雾，弦月迷蒙，姑姑和那梁炯在宛河边幽会。河边草丛里的微微虫唱伴着两人的柔声絮语，一阵长吻之后，梁炯贴着我姑姑的耳朵说，我吻得真有些醉。我姑姑就柔笑着拍了一下他的背，嗔道：醉了你就跳水！梁炯就说：好！于是便往河边去，姑姑见状，就又笑着扯了他的手，向他的怀里扑。当两人终于觉得应该分手时，梁炯说：别让人看见，你先走！姑姑于是就说：明晚见！说罢，便先回了家。

第二日，晨起，忽听街上传来一阵哭声，姑姑就诧异地跑上街去，远远看见那哭着的竟是梁炯的父母，愈惊奇，待一问，方知昨晚梁炯淹死在宛河里。姑姑听罢这消息，一阵晕，手抓住墙缝，才算没倒下去。

姑姑一连两天没吃饭，卧床不起，第三日发起高烧，高烧时不断说着胡话：跳水……跳水……醉了……你就去跳水……

姑姑不久就师范毕业，进了宛城女中，教授国文。

女中里也有男教师。其中有个叫尤涛的，长得也是一表人才，纤纤长长的身个，方方正正的面孔，戴一副玳瑁眼镜，而且会打羽毛球，举止十分潇洒。尤涛和姑姑一样，也教国文，两人在一个组里办公，免不了常讨论问题，话说得多了，友谊就渐渐产生，友谊发展下去，愈深愈浓，就有点接近爱情，何况两人又正当这种年纪。慢慢地，二人就一起去剧院看戏。那时宛城剧院请不来常香玉的豫剧团，都是一些本城剧社演的《秦香莲》，戏虽不好，但姑姑和尤涛却觉得非常有趣，二人常为演员的演出鼓掌，笑。后来两人就拉了手，后来就又不去看戏，坐在屋里，亲。据说是在一个星期六，傍晚，姑姑上罢课没回染坊家里，而是留在尤涛的宿舍，两人一块儿吃了饭，饭后，又一起坐在床沿，搂一起，吻。一阵令两人身子抖动的长吻之后，尤涛附在姑姑的耳边说：我这身上像着了火，不信你摸摸！姑姑就笑着说：着火了就烧死你！尤涛听罢，叫：你既是这么狠心，我就烧死自己！说罢，就伸手去摸火柴，姑姑就又柔笑着啪一下打了他的手，片刻之后，两人的唇，便又胶在一起。姑姑那晚回家时已是八九点钟。她带着甜蜜的笑意进入梦乡。午夜时分，她忽然被人们的喊叫声惊醒，抬头一看，只见窗纸被火映红，街上全是人们的脚步声和救火的喊叫声。姑姑披衣服趿鞋走到门外，一看失火的地方，好像就起在女中院内，就一阵心慌，跌跌撞撞地向学校跑，待进了校门一看，火烧的竟就是尤涛的宿舍房。她没命地喊着尤涛向火前扑，被救火的人们扯住，火灭后，尤涛的遗体被找出，早已经面目全非，姑姑只看一眼，就晕了过去。

姑姑又大病一场，整整三个月，没去学校教课。几乎每天晚上，爷爷奶奶都要被姑姑梦中的叫声惊醒，她叫得含混不清，只能模糊地听出两个字：火……我……我……火……

姑姑的病好以后，又开始教书。她这时的身子，经过这两场折磨，自然显出了些纤瘦，但同时，却又平添了一种病态的美。眼，越显得大，且含了忧；脸，愈显得白，且带了愁；腰，更显得细，见出柔。男人们的目光，照例地常往她身上扫，但却再无人敢同她套近乎，有时甚至同她说话，也带了几分惊恐，就那么三言两语，赶快走。那两个和姑姑相爱的男人的暴死，使小城里的男人都知道，我姑姑是一个不祥之物。

一日，我姑姑讲完课，往家走，经过林四奶的相面铺时，拐了进去。林四奶看见我姑姑，手一拍，叫：嗬，你可是稀客！你们当先生的，屈尊来到俺的小铺，可是俺的荣幸！四奶，求你给我看看。姑姑软了声说。四奶听罢，就肃起脸，正了眼，闭了嘴，两嘴角放平，双掌在膝上摩挲一阵，而后双腿一弯，坐在蒲团上，向姑姑看。姑姑感觉到两束光在面孔上晃，那光又冷又热又冰人又烫人，而且还带了刺，刺得她只想把面颊揉几下，止住疼和痒，但她没敢动，她期望得到一个答案。半晌之后，四奶缓缓舒出一口气，缓声问：姑娘，你是想听真话还是想听假话？姑姑当时一愣：怎么讲？

是这样，姑娘。四奶奶平和地笑笑：有些人来相面，是想图个吉利，只愿听吉利话，有一句不吉利的话出口，他便显出不高兴。对这样的人，我有时就只能给他说点假话，让他欢喜。姑姑听罢，就急忙申明：我愿听真话，你不论看出了什么，都只管给我说！

好！四奶奶又微笑：有这句话我就不避讳了。你虽生就了一双樱桃小嘴，但这小嘴两边，可都各带了一点回纹。你不必摸，你摸不出，对了镜你也看不到。这回纹藏金，所以你出语虽轻，可音中夹重，直捣人心，尤其男人，常经不了你几句轻言！所以，姑娘，日后说话当留心！

姑姑当时身子一震，蓦然记起当初对梁炯和尤涛说的那些话，禁不住心往下沉。

你眉心上凹下斜，凹里窝凶，这凶需灭，凶不灭家不宁，可要灭这凶，不但一般女人不行，就是文弱男子也不中，非武人不可！

武人？姑姑一惊。

对！武人身上带有杀、煞二气，正可克凶……

姑姑听罢，既胆战心惊又将信将疑，踽踽蹒跚回到家中。

是年，她已二十岁。

在那时的宛城，未嫁女中她已是高龄。我爷奶就有些慌，四处去找媒婆，想尽早嫁她出门心净。

就在这时，"国军"团部的刘参谋，同媒婆靳七妈一起前来求婚。

那是一个星期日，天阴，且有风，姑姑本来就无心绪，这种天气更不出去，便在自己的闺房中坐了，拉过那个椭圆形水银镜，默看镜中的自己。一两颗清泪慢慢就从眼角滚出，往衣襟上坠。

染坊里的大锅，咕嘟嘟响，传进闺房，便越令姑姑心烦、神伤，一两缕蒸汽带一股靛味，从门缝里挤进，使她突然起了一念：何不跳进那染布大锅里，从此永得安宁？就在这念头刚萌时，姑姑忽然听见，我爷爷在染坊外大声叫道：刘参谋、靳七妈，你们来了？快屋里坐。

刘参谋？姑姑的心一颤，记起了两三年前那个常送花给自己的军官，而几乎在这同时，她想起了四奶奶的话：非武人不可！姑姑叹口气，长长的。

看来这真是命！

"……这位刘参谋，你们也看见了，长得多英武，而且月俸高，绝不会让姑娘吃苦的……"媒婆靳七妈的话，在外间旋……

当我奶奶欢喜地走进里间，征求姑姑的意见时，姑姑擦干脸上的泪，把头点了点。

不久，就举行了订婚仪式。

一月之后一个春阳和暖的上午，一辆贴有喜字的美式军用吉普停在了我爷爷的染坊门前,自然有鞭炮,有喜乐,鞭炮喜乐声中,我那打扮一新的姑姑,由两个伴娘陪着,坐进了吉普。

吉普驶进了军营。

当晚,当所有的宾客走出新房之后,刘参谋,也就是我的姑父,将门插好,转过身,倒一杯威士忌,仰头一饮,而后掷杯在地,发一声长笑:哈哈哈……笑毕,向床边走去。我那羞脸低垂的姑姑,被这声长笑惊呆,任凭他粗鲁地扯去衣服。

第二日清晨,当我姑姑红着脸去换那染了血的褥单时,姑父轻攥了她的手,无言地抚摸着,双眼仿佛有些意外地盯着那褥单上的血迹。

姑父对姑姑很体贴。蜜月过后,奶奶去看姑姑,见姑姑身子胖了不少,双颊上,分明地增了红润,两眼中,明显地含着笑意。

奶奶很欢喜。

姑姑只当了四个月的军官太太。四个月之后,解放大军攻克了郑州、洛阳,挥兵南下,宛城成了又一个进攻目标。守城的中央军人心惶惶,做着逃跑的准备。姑姑也收拾着东西,手忙脚乱地打着包裹。那些天,姑父总吸烟,而且一边吸烟一边看着姑姑,姑姑那时的身子愈加丰满,不论怎么看,都入眼,后来,一个风雨之夜,门前就驶来一辆帆篷卡车,姑父哑声对姑姑说:你坐这车先走,在送到的地方安心住下,我随后就

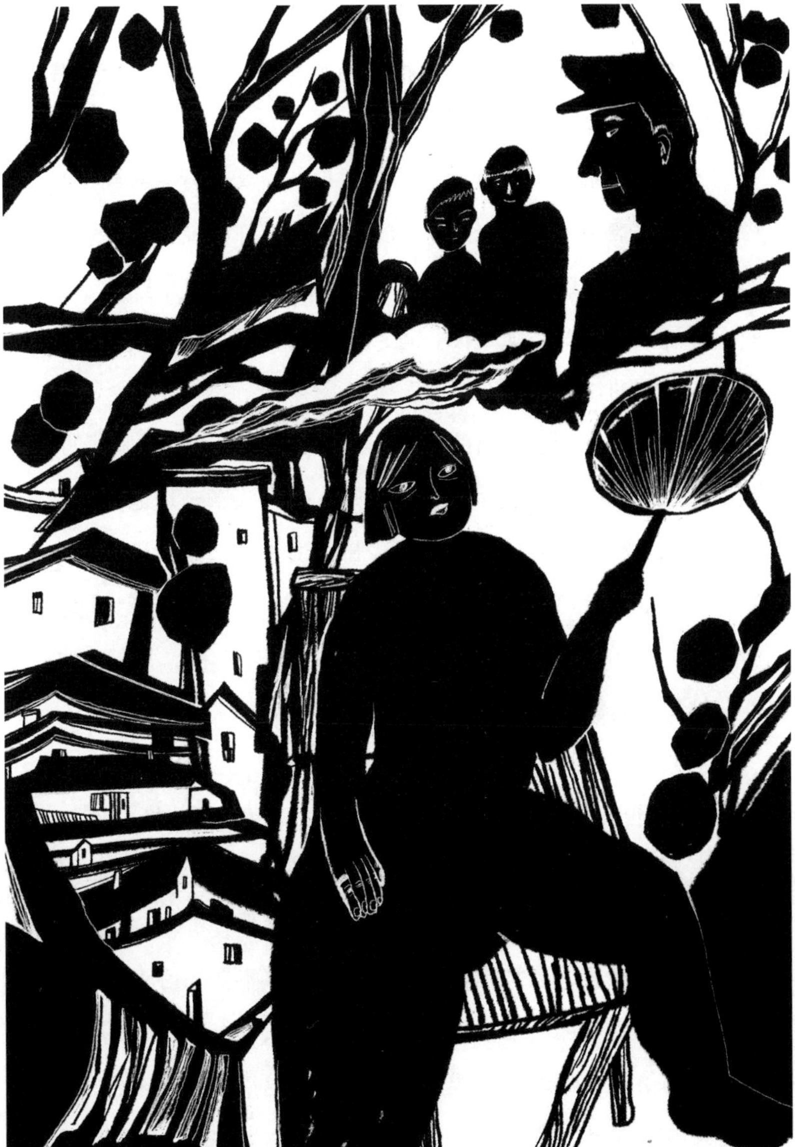

到。姑姑点头，上了车，汽车把她送进一个很远的山村，在那村里，有两间瓦房，送她的人把她和东西安顿到屋里，而后找两个老太婆陪伴她。

十几天之后的一个晚上，浑身是血的姑父步行着来到了瓦屋，姑姑又喜又惊又心疼。姑父抖着手从胸口掏出一张纸片，郑重地交给姑姑，嘶声说：保存好，这就是我的命！姑姑一看，那是一张起义投诚证明，证明上盖着中国人民解放军中原军区政治部的印章。

不久，宛城和它属下的十三个县全部解放。

姑姑和姑父就在这小村住了下来。他们买了一块地，跟村里的人学着种。第二年，我的大表哥就诞生了。姑父种田，姑姑刺绣，表哥坐在摇篮里玩。晚上，棉油灯一点，灯光摇曳，一家三口围在一起，笑了说，说了笑，十分幸福。只是常常地，姑父会陡然止了笑，怔怔地望着姑姑。

后来的岁月里，姑父因为有了那证明，倒也平安。这期间，我的大表姐、二表姐、二表哥相继地诞生，姑姑忙着操心儿女，再也不去翻自己从城里带来的那些书籍。

她完全变成了一个农村家庭主妇。

因为孩子多，经济拮据，油盐酱醋茶事事要操心，姑姑的脾气慢慢开始变坏。常常地，她会无端发火，发起火来就骂姑父，而且借口是随时的：挨刀的，你就挑这点水？狗东西，你把劈柴就放这里？遭瘟的，衣裳就这样扔地上？！……

对于姑姑的骂，姑父从来不回嘴，而且从来都是低眉顺眼地听。为这事，村里好多妇女都羡慕：嘿，看人家那丈夫！

日子在缓缓地流，姑姑年岁也在慢慢地增。偶尔有一天，姑姑坐在镜前看，不禁一怔，鬓边竟已发白！她又仔细地看了一眼嘴角和眉心，依旧看不见嘴角上的回纹，那回纹里还藏金？眉心里还有些凹，那凹里还窝着凶？她正坐在镜前发呆，姑父踱过去，手抚姑姑的头，一下一下地揉，姑姑感觉出，姑父的手在抖。

再后来，表哥、表姐就大了，娶儿媳、嫁闺女，姑姑整天忙，忙得头发顾不上梳，就用手指理。两个儿媳娶进、两个闺女嫁出后，姑姑的头发就全变白了，面颊也无了血色。

这个时候，姑父又得了病，肺气肿。

姑姑开始忙得团团转，要安排地里活，要看护姑父，还要照管怀了孕的儿媳妇。她变成了一个地道的农村老太婆，春、夏、秋三季，她早已无了穿袜子的习惯，总是赤脚套一双鞋，到处走，脚脖上沾着灰，黑黑的。夏天，她会像村里的其他老太婆一样，赤了上身，在人群里过，任凭两个松弛的奶子，在胸前晃。有时门前的菜园里若丢了菜，姑姑就手拿一把蒲扇，一边扑打着四周的蚊子，一边站那里叉了腰骂：偷菜的吒，你用心听！老子×你个八辈老祖宗……

姑父的病拖了三年整。

三年里，姑姑始终和他睡一起，给他捶背，给他揉胸，给他喂饭,给他掏痰。每当姑姑为他忙活一阵后,他总要抬手揉一下眼。

到底到了那个时限。那是一个傍晚,暮霭在屋檐低垂,一直昏睡在床的姑父,突然喊起了姑姑,姑姑闻声快步走到床前,以为姑父是要什么东西,不想姑父抓了她的手,只管抖,而且喉结在不停地晃,许久,才含混断续地发出声:"……有……件……事……我要……告诉……你……"

"慢慢说。"姑姑想让他平静,宽慰着。

"……梁烱……尤……涛……"

"谁呀?"姑姑一时记不起这两个名字是谁。

"梁……烱……尤……涛……"

姑姑的身子一悸,从脑中一个遥远的地方,找出了那两个恋人的面影。

"现在提他们做啥?"姑姑的心突然莫名其妙地缩紧。

"……他……们……我……"话说到这里,姑父突然爆发了一阵剧烈的咳嗽,伴着一声声长咳,一股又一股血从姑父口中喷出来,当那咳声终于停止、鲜血不喷时,姑父断了气。

姑姑当时没哭,只双眼瞪着姑父,连声叫:"说、说呀!你为什么现在提起他们?为什么?为什么呀?!"

姑父双眼紧闭,神色似乎不安,但在嘴角,却又留一缕笑意。

暮霭已飘进屋里……

怪　火

我们柳镇常出些稀奇古怪的失火事件。

同治二年正月初三,傍晚,全镇三百七十二间瓦房突然同时起火,火光冲天,十几里外可见,镇人拼力扑救,无效。待火熄后,人们惊奇地发现,镇上所有极易着火的茅屋全未累及,众皆以为奇。自此,镇上盖瓦屋者绝少。

民国十九年四月初七,上午,几百名镇人在环绕镇子的寨河里清淤,一老者嗜烟,瘾发,站于河底打火点烟,不想火星迸出的同时,一股蓝色火苗突然从他脚下的湿泥里蹿起,骇得他大叫,奔上河堤。人们围来看,见火苗仍在原地跳,总不灭。族长听说,慌慌来叩头三个,仍不灭,遂命人在寨河里放水。

一九五一年七月十八,正午,镇上当过土匪的陈良家失火,一溜五间面南房子,东两间和西两间全部烧毁,陈良和妻子和老父老母均丧命火中，独有其半岁儿子睡篮所在的中间那屋，完好无损，救火的镇人冲进屋时，只见那白胖小子正酣然大睡。

有一年腊月初六，半夜，漂亮的寡妇慧妹，突然双手捂胸身着短裤冲出屋门大叫：救火呀！邻人闻声，都提水桶冲进她屋，进去的人皆倒吸冷气一口，连连后退，只见慧妹的床有一半被烧毁，火已熄，烧毁的那半边床上躺一个几被烧焦的裸体男人，众人定睛细看，竟是镇革委会主任。慧妹嘤嘤哭诉：他来与俺那个，那个后俺就睡着了，后来俺被热醒，扭头一看，他睡的那半边床着了火……

诸如此类的事件还有许多。

究其原因，众说纷纭：有说柳镇是雷区，阴电阳电相撞极易着火；有说这里早先是森林，地下有可燃的油和气；有说柳镇历代为战地，地下尸骨成堆亡魂麇集，不可能不出来闹点什么，而且断言以后还会有！

过去我对这些不过是听听、笑笑罢了，万没想到，前不久，我家竟也来了一场怪火！

事后想想，那场火来前还真有点征兆！

我是那日前晌到家的。部队让我出差河南，我便拐了个弯回家看看。到家后我就高兴得直绕我家的院子转——我根本没想到我家竟有这么一个气派威武的大院：正面一栋二层楼上四室下五间，右面一栋二层楼上三室下四间，左边一排四间平房是仓库，中间的院子宽得可以安上球架赛篮球！几年未回，家里的变化真使我吃惊。前晌就这样在惊喜快活和激动中过去；后晌，我才得以平静下来和娘坐屋里拉拉家常。就在我同娘拉家常时，忽感身上一阵燥热，热得我不得不把棉衣、绒衣、衬衣的扣子全部解了，以致娘连连制止我："老二，你是想感冒吗？"其实我未做任何运动，且天冷得厉害，东北风在砖砌的院墙上抓挠得很响，院中那个准备放养金鱼的池子里水全冻成了冰坨，人坐屋里呼出的气也呈白色。可我就是觉得热！那阵奇热持续了十来分钟，我才重又有了冷的感觉。

我当时并没去想什么。

我记得那阵燥热过去之后，我有些奇怪地看着爹。爹那会儿穿着他的黑袄黑裤，正噙着长杆烟袋，围着院子左侧离平房仓库不远的柴垛踱步，不时地拿眼去垛根瞅。院中那样冷，爹这是干什么？丢了东西要找？想到此，我就起身出门，走到爹的身边问："是找东西吗？"爹闻声止步，朝我极慢地摇头："不，随便走走。"爹摇头时，我猛然发现，他的双眼上罩着一层浓浓的水雾，眼角挂有泪珠，我的心顿时一抖：爹在难受？但转瞬我就又把这个猜测推翻。爹怎会难受？如今正该是他高兴的时候！我们这样一个早先愁吃愁穿的穷家小户，靠爹的双手打烧饼，渐渐攒起钱开了烟酒铺子；由烟酒铺子的发展，又赚来了买大卡车的款；如今，家里已拥有四辆卡车，雇有七八个工人，成了柳镇上有名的富户，连我一回来都高兴得直笑，爹还去难受什么？

可能是被风吹酸了眼！

我这样想着，就又劝："爹，外边冷，屋里坐吧！""人老了，喜欢走动走动，光坐屋里不行，你快回屋暖和！"爹朝我挥下手，又依旧沿着那个柴垛缓缓地踱，不时地拿眼往垛根瞅。

晚饭是在右楼底层一个房间里开的，分成两桌：一桌给雇工们吃，家里雇有四个司机，两个照看铺子的男工和两个做家务兼给哥哥看孩子的女工；一桌是我们家里人吃。大约因为我的回来，桌上都摆了酒，雇工们桌上摆的是"宛城白干"，我们桌上摆的是"卧龙玉液"。全家坐下后，穿一身呢料中山服的哥先端杯开口说："来，老二，干！咱们家的人如今都过上了好日子，独有你在外边受苦！"我笑着端杯说："好，今天就补补！"说罢，一饮而尽。在我们喝酒的当儿，佣工四婶和小莲还在做菜，大约是我们喝到第四杯的时候，忽听门外砰的一声瓷器落地，随之就听那端菜的小莲一声惊慌的低叫："噢，天哪！"嫂子闻声快步走出去，片刻之后，走廊上就响起了啪啪的耳光声。我起身出门，见嫂子正抡掌打那小莲的脸，地上是一堆盘子的碎片和辣椒炒鸡块，那小莲不敢哭也不敢躲闪，只低了头任嫂子打，一些血珠已在小莲的嘴角晃悠。我见状就上前劝:"算了,嫂子!"嫂子气哼哼地住了手骂:"穷丫头!做什么都毛手毛脚,不教训你就不行!"那小莲双手捂脸抽抽噎噎地哭了。"哭什么?"哥此时也走出沉了脸叫,"再给我出岔,小心叫你滚!"我刚想开口劝那小莲,却见娘已默默走出,上前把小莲揽在怀里,拿袖子去揩她的脸。小莲此刻哭得越发伤心,边哭边诉:"是一只猫,猛从我脚前跑过,我一惊,就……""没啥,闺女,不就是一盘菜嘛!"娘低声劝着,扶了小莲向厨房走。我转身进屋时,见爹仍坐原处,默望着小莲的背影,之后便抓过酒壶,连倒三杯喝了。我知道爹有咳嗽的毛病,不宜多喝,就小声劝:"爹,别喝得太猛。"爹没理我,又仰头猛喝一杯。

一瓶酒将完时,四婶又端一盘蘑菇肉片上来,哥只尝了一口,忽然生气地啪一下往桌上扔了筷子,叫:"四婶,这菜是怎么炒的?放这么多酱油,你看看这颜色!"四婶见状,惶惶弯腰:"他大哥,怨我,人老了,记性不好。"哥又冷冷开口:"以后再见你炒成这样,我可不饶你!"说着,挥一下手,让四婶走开。我伸筷尝了一下那蘑菇肉片,小声说:"哥,味道不错嘛!""不错什么?"哥朝我宽容地一笑,"你是不知道,如今咱这里可不是过去,把粉条豆腐胡乱炒一盆子就吃,现在也讲究个色香味,弄得不成样子,让人看见笑话,我早晚得找一个像样的厨子把四婶换掉!"哥说话那阵儿,爹正点烟,我看见爹点烟时手抖得厉害,烟点着后,只见他把尚未燃尽的火柴凑近了酒杯，杯里的酒液呼一下着了，蓝色的火苗在杯里一跳一跳，四岁的侄儿见状立刻在桌边大叫："失火了！"全家人立时乐了，爹也放声大笑，直笑得眼泪都在睫毛上跳。

晚饭吃罢，我先去给我安排的睡屋里，在娘的帮助下把床铺收拾好，跟着就向弟弟的屋里走去，想到他那里坐坐聊聊。就在我向弟弟住屋走去时，我身上又觉到了一阵难耐的燥热，我不得不解开领扣，任寒风向胸前灌去。我当时以为，这是我喝的那几杯酒在起作用，依旧没想别的。

弟弟住一套间，两间房的灯都开着，因他未结婚，进他屋时也就随便，我没敲门便猛推一下走了进去，我听到一句女人的低声惊呼："哟！"我第一眼看到的那个场面使我惊停在门口：弟弟仰身在沙发上，双脚伸进一个盛着热水的脸盆，一个挺漂亮的姑娘，正蹲在那里为他洗脚。那姑娘满脸通红地望着我，两手还呆呆地攥着弟弟的脚脖，显然是我的冒失行为让她受了惊吓。我尴尬地停在门口，不知该进该走。倒是弟弟毫不在意地向我招手："二哥，进来！"接着伸手拍拍那漂亮姑娘的肩膀，说："羞啥？这是我二哥。快给我擦擦！"那姑娘红着脸飞快地为弟弟把脚擦干，而后急忙端起脸盆进了里屋。在里屋的门关上之后，我才向沙发前走去。从那姑娘为弟弟洗脚的亲昵动作和进里屋时的熟悉样子，我想她就是弟弟的未婚妻了，于是就低声含了笑说："我原想来问你婚事定没，你只管摇头，怎么还向我保密？"弟弟立刻摆手："不骗你，二哥，婚事真没定!""那刚才这位……"我向里间努嘴。"只是候选人之一!"弟弟打个漂亮的响指。"哦?""明给二哥说,如今想给我当老婆的姑娘不少,我得仔细挑挑,有些还要试试,譬如刚才这位,我想看看她伺候我时是不是十分——听话!"他的声音挺高,显然是想叫坐在里屋的姑娘听见。我看着弟弟那张踌躇满志的脸,突然无端地想起好多年前的一个后晌,我领着弟弟去地里割草,每人割一背篓,回来走至半路,弟弟喘着粗气叫:二哥,我饿得很,背不动了。我说天快黑了,再忍一忍就会到家,他却抹着眼泪说:我忍不住了。没法,我只好大着胆子去地里偷扒了两块红薯。弟弟当时边啃着红薯边说:二哥,人一辈子有红薯吃也就知足了……

"二哥,二嫂对你怎样?"弟弟忽然笑问。"不错。"我不知他何以问起这个。"不错倒还罢了!我听说她当初嫌弃我们家是农业户口,要是她如今敢再嫌弃,就把她蹬了,另娶大姑娘!""嘿,胡说些啥,我们都是老夫老妻了,过去的事……"我话未说完,忽听娘在门外喊:"老三,你出来一下。"

弟弟向门外走时,我也跟了出去。娘站在门外,见弟弟出门,压低声音对他说:"天不早了,该叫人家姑娘回去了!"娘的话音刚落,弟弟就猛把烟头摔到了地,气哼哼地叫:"谁要你操这份闲心了?!"说罢,扭头摔门进屋。几乎在这同时,柴垛那边蓦地发出一响:"乓!"我的身子被惊得一抖,定睛看时,才知是爹在扔一个破盆。爹那阵儿正在清扫柴垛与仓库之间的过道,那条过道两米多宽,因为风刮羊扯猪拉,那过道上也铺了一层厚厚的柴草,爹正摸着黑扫走那层柴草。我看见后走过去说:"爹,天黑了,明日再收拾吧!"爹头也没抬,只答道:"人老了,睡不着,找点活做,你先去睡吧!"我知道爹一辈子勤苦惯了,有他的一些执拗习惯,说也没用,就也不再理会,回了自己的睡屋。

从弟弟屋里出来时,大哥在右楼上喊我,说有件事要同我商量。我过去后,哥拿出一张房子的图纸,说:"刚才二坤来过,讲他们队有块宝地想卖,我想你当兵终不是一辈子的事,早晚有回来的一天,干脆趁早把那块宝地买了,给你也盖座楼,你回来前先租出去赚钱,回来后你住,反正眼下房地产一天一涨,盖了也值,你看看这种样式行不?"我听后一阵激动,哥考虑得终比我远,正想开口说话,忽见家里雇的一个司机突然慌慌地推门进屋,带着哭腔对哥说:"老、老大,糟、糟了!"大哥的双眉一竖,眼一瞪:"出了啥事?""刚才……刚才……"那司机汗泪俱下:"我开车去镇供销社装货,想今晚把车装好,明早就去南阳,谁知车出大门拐弯时,把南街的一个瘸子撞了。""混蛋!"哥听罢猛起身揪住了那司机的衣领,怒声吼道,"你又给我闯了祸!""那人被撞得怎样?"我急忙插嘴问。"当时……就死了……"司机嗫嚅着答。"天哪……"我惊呼一声。"大惊小怪什么?"哥瞪我一眼,猛把那司机搡得后退了几步，骂："妈的，算老子眼瞎，雇了你这个破财的杂种！"说罢转向嫂子："去，给他拿钱，老数目，让他去把事情结了！"嫂子慢慢起身，走进里屋，片刻后出来，把厚厚一沓钱放到了那司机手上，同时用眼剜他一下："去吧，我们雇你可是没赚！"那司机感激涕零地向门外走。我见状有些吃惊，忙说："哥，光拿这些钱就完了？""那不完还有什么？"哥重重坐到椅上，"被撞死的人家只有承认晦气要笔钱作罢，他们一般不告状，告状后司机顶多坐半年一年牢，可他们就一分钱也得不到了！""你不去看看死者家属？""不必了。"哥摇着头，"咱家几个司机在外跑车，出事故可不是这一桩！要都让我去看望家属还不把我累死？再说，这瘸子也算是有幸让咱家的车撞了，给他八千块；要是撞上公家车，能给他家六千元就算不错了！好了，不说这个！"哥又拿起那张图纸向我递来，"你看看这样式行吗？"我去接图纸时，借院中的路灯瞥见爹从厨房里拎了四个空水桶出来，齐齐地摆在了厨房门口，爹这是要干什么？这么晚了摆弄空水桶做啥？我没再想下去，把注意力集中到了图纸上。就在我看图纸的当儿，又骤然觉到了一阵奇热，那热状如火烤，使我不得不再次把衣扣解开，我当时估计，自己八成是要病了，于是转身对哥说想把图纸带回屋细看，就匆匆走了出来。

那会儿已经是夜间十点，几颗冰块一样的星吊在空中，天冷得比白日更甚，我急步朝自己的睡屋走，想赶紧去睡。推睡屋门时，隔壁爹娘的睡房里突然传出一个女人抑得很低的哭声，我以为是娘，一愣，待细听，不是。我估计八成是被车撞死的那人的亲属来家了。一种要去安慰安慰的冲动使我走去推开了爹娘睡屋的门。进屋后看见，爹还是老习惯，不坐椅子和沙发，仍蹲在墙根，嘴里依旧噙着他那根长杆烟袋，烟锅里的火一明一灭。奇怪的是他当时正连续划着火柴，宛如在做着什么游戏，嚓嚓嚓，一根接一根，这根灭了，那根又划着。人老了，常有些返童现象。我当时这样想着，就去看娘怀里揽着的那个陌生姑娘。那姑娘面庞清瘦，正低声啜泣，娘的眼角也沾有泪珠，娘那阵儿正低声劝说："孩子，别伤心，我会替你出气！我一定要教训他！"我当时以为这姑娘大约就是那死者的女儿，就轻声安慰："姑娘，事已经出了，你要节哀！""你胡说些啥？"娘瞪我一眼，随即又附了那姑娘耳朵说："孩子，你要想开点，自己可不能乱来，大出血可是要出人命的！"娘边说边轻抚了一下那姑娘的腹部，我这才注意到，那姑娘的腹部有些隆起，孕妇！我此刻方明白弄错了。这时只听娘又说："这几天你就去城里医院，央求个熟人让他悄悄给你做了，做后你保养保养身子！"娘说着掏出一沓钱，硬往那姑娘的口袋里塞，那姑娘哽咽着执拗地不要，娘执意把钱塞进了她的口袋，扶她出了门。娘重回到屋里后，一触到我那疑问的目光，立刻撩起衣襟去揩眼泪："都是你弟弟那个东西作的孽呀！让人家怀上了，又不要人家，这是要遭天打五雷轰的啊！……"原来如此！我默站在那里，一时不知该怎么去安慰娘。"睡吧！"一直蹲在墙根的爹这时突然抬头开口，与此同时又猛划了一根火柴。

我看了爹娘一眼，心绪不宁地回了自己的睡屋。刚躺床上时，杂七杂八的事还在脑中翻腾，但疲劳最后把那一切全都赶走，让我沉入一片混沌的雾里。

我后来被一阵惊慌的喊叫声惊醒。在我似醒非醒眼睛还未睁开的那一瞬，一股强烈的煳味钻进了鼻子，就是这股煳味把缠住我的最后一缕睡意赶走，才使我辨清那惊慌的喊声出自我的家人，才看到火光已透过玻璃窗把屋里映得通红。失火了！我在做出这个判断的同时飞快地穿上衣服跑出了屋子。出门后方看清，着火的是那个离平房仓库两米的柴垛。在看到柴垛上火苗的那一瞬间，我忽然想起爹在晚饭后清扫柴垛和仓库相隔的过道上柴草的事，幸亏爹那样做了，要不然，火很快就会蔓延到平房的屋檐。我出来时火头还未蹿上垛顶，不高的火苗正贪婪地舔着漆黑的夜空。"救火呀——失火了——救火呀——"娘和哥、嫂嫂、弟弟一边向火上泼着水一边扯开了喉咙叫，叫声尖厉刺耳钻心瘆人。我一边在厨房门口顺手抓个水桶往院门外的井边跑，一边也加入了这呼叫的行列。这柴垛上的火要是救不下就会危及那四间平房仓库，那就糟了！我看见在我们的喊声中,全镇的电灯都亮了,我心里一热,我想只要镇上人都提了水桶端了脸盆跑来,要不了片刻这火就可扑灭,烧不了平房只烧一垛柴算不了什么。但十多分钟过去,只有三四个邻居拎了水桶奔来,仅凭我们这几个人提水灭火显然不行,柴垛上的火头终于爬上垛顶并肆无忌惮地抓住了平房的屋檐,几丈高的火苗顿时向上蹿起,就在那火苗蹿高的瞬间,我朝四下一望,看见远远近近的墙头屋角都站着人群,那些人只伸头向这边看却并不跑来。"救火呀——"我愤怒而绝望地喊。怎能见火不救?你们这些混蛋!这之后好像又跑过来四五个人,但此时的火已经没法救了!火头像大蟒一样把平房上所有没着的地方全爬了一遍,房顶已经洞开,几桶水泼上去根本起不了什么作用!所幸的是,这四间平房仓库与两栋楼房都隔有一定距离,还威胁不到两栋楼房。"用不着救了!"大哥木然地对还在提水泼水的我和弟弟说。那一刻,我已累得上气不接下气。是的,不用救了!火已经把四间房上能烧的东西差不多全都烧净。一家人和来救火的那些邻居,都默看着那正渐渐低下去的火苗。

"仓库里放着刚进的两千斤白糖和五百斤茶叶呀!"大哥痛楚地喃喃自语。

"这火是怎么着的?谁先看见的?"弟弟瞪眼转了一圈,问。

"我最先醒!"嫂子接口,"我看见火是从柴垛中间着开的!"

"那就怪了!"大哥叫道,"柴垛在院里,院墙那么高,院门又插着,就是有人隔墙放火,火也不会从垛腰着起!"

"天火!八成是天火呀!"娘呻吟着说。

我的身子一抖,我蓦然记起了镇上那些关于怪火的传说。

"什么天火?"弟弟瞪了娘一眼,随即猛上前抓了四婶和小莲的领口叫,"说!是不是你们抱柴时在垛根留下了火种?"

"冤枉呀!"四婶慌慌地叫,"我和小莲今儿黑抱柴你爹在旁边看着的!不信问问你爹!"

"是的,放开他们!"身后突然传来爹嘎哑粗重的声音。我扭头,见爹一手提那根长杆烟袋,一手拎一个瓦盆,正倚在一棵树干上。

弟弟恨恨地松开四婶和小莲,绝望地叫:"这火着得可真怪了!"

"怪是有些怪!"爹极慢地开口说,"不过,一开始也不过是烧了柴垛,要是镇上来救火的人多,平房是绝不会毁的。可惜,只来了九个!"

我听后抬头去看,一数,果然,来救火的乡亲只有九人。爹看得真清!

"就这已经不少了!"爹的声音一下子变得十分空旷,"民国三十五年春上,镇上的地主郝大牙逼死了你们的奶奶,你们的爷爷一恨之下,把他的堂屋点了,我当时站在远处看,那晚上去救火的镇上人只有四个!"

烧毁的平房上最后一股火苗摇了几下,熄了。

爹的嘴又噙住了烟袋,院里沉入死一般的静寂。

一股夜风陡然旋来,浑身汗湿了的我,禁不住打了个寒战……

第二天,爹就病了,一月后方能起床。爹在病中和病好后,有一个奇怪的变化是:再也见不得火柴!只要一见火柴,他就牙关紧咬眼露惊恐面孔发白。没有法子,娘只好藏了屋里所有的火柴。

他自己也只好把烟戒掉,整日拎一个空烟袋……

老 辙

那个狗们乱咬、炸梨鸟乱叫的早晨，费丙成在自己那个红砖砌就绿瓦盖顶威武漂亮的门楼前，最初听到房地产经纪侯四说到姚盛芳要卖房子时，并没把话放进心里。因为那一刻他正在斥责自家面粉厂拉粮的"手扶"司机，那辆"手扶"熄火停在了当街。只一眼，费丙成就看出了车熄火的原因：车轮没顺老辙走！这条街未铺石板，土路上留着两道年代久远的挺深的辙，那"手扶"的车轮碾上了辙外的虚土。"笨货，顺辙好走！"他又叫了一句。司机再次怯怯地笑笑，发动了车，小心地把车轮放入老辙，"突突"地将车开走了。费丙成又瞥一眼那光滑的车辙，这才扭脸望定侯四，方记起侯四刚才似乎说到过姚盛芳，一想到姚盛芳这个名字，那位凸胸丰臀腰身柔韧的漂亮女人就仿佛瞪着两只傲然的眼睛站在了面前。他的身子微微一震，不由自主地开口问："你刚刚说姚盛芳什么来着？"

"卖房。她要把她家临街的两间房子卖了。"

"是吗?"费丙成尽量不让自己的声音露出快活,但还是隐约露出了一些。你什么时候才能学会沉住气?!他用手掐了一下自己的大腿。

"你不知道吗?早些日子他男人去西峡贩绿豆,租的汽车翻到了沟里,车毁人伤,欠了一屁股债。"

"哦,哦,是这样。"费丙成努力使自己的声音显出淡漠。姚盛芳,你到底落到了这一步!

"那女人急等钱还债,托我经手,不知你愿不愿买,你要是买的话,我就……呵呵呵。"侯四挤眼笑了。

费丙成的眉心一耸,但随即又极缓地摇头:"我嘛,算了。"干吗再与这个女人打交道?

"你要是不买,我今头晌就挂牌拍了它!"

"拍就拍吧。"费丙成朝对方扔去一根烟,又叼一根在嘴,"噗"地揿亮打火机……

早饭费丙成吃得有些心不在焉,粥碗里不时晃出姚盛芳的那张俏脸,晃得他心里有些乱。扔下碗,他原本想去酒馆听听坠子书的,两条腿却鬼使神差地把他拖到了姚盛芳家所在的南街。也罢,就去看看她那房子能拍出什么价钱。

"费东家,吃了?""早哪,费东家!"街两边不断有人极亲热地招呼,费丙成也就不停地左右点头。"东家"这称呼,是柳镇人过去对店主、地主一类有钱人的尊称，近年又开始恢复使用，费丙成记不清人们在什么时候对他也用了这称呼，听上去确也真有几分被尊重的舒服。

姚盛芳，你不会想到这一步吧？

想当初，你要是听了我的话，你要是不撕我交给你的那张纸条，你要是跟了我，你怎会落到卖房还债的地步？！还记得那天傍黑吧？我在寨河外的那道土埂旁拦住你，我满脸通红两手哆嗦地把那个纸条交给你，那纸条上只写着一句话：盛芳，跟了我吧，我一定让你吃饱穿好住瓦屋！那纸条是我琢磨十几天才写成的，可你竟只看一眼就"刺啦"一声撕了！你撕得多干脆多气派！撕完之后你随手就把那些纸屑扔了，你没看见我急忙伸手去接你扔下的纸屑，你只顾双眼望天用冷极了的声音说：你不要再来缠我，实话给你说，你太矮太胖，我不喜欢！我已和冯青太订了婚！你说完之后脸也没扭就迈步走了，你走得又快又急又舒心又傲气，你根本不管我那时已跟跄扑倒在地，你更没想到我那晚在你扔纸屑的地方趴了半夜才起来。你……

"好你个野种！你给我站住！"一声男人的喊叫惊得费丙成猛然止步，身子一个激灵。

一个半大的孩子手攥两个石榴，箭也似的从他面前跑过，身后追出一个三十来岁的汉子。

"站住，你这个野种！"那汉子仍在怒喊。

费丙成不由自主地打个寒噤，他急忙抬手扶额，他又感到了那种习惯性的眩晕。几乎在这阵眩晕过去的同时，他的脸孔歪扭得十分难看，喑哑低沉地朝那汉子吼了一句："混蛋！"

那追偷儿的汉子闻声一怔，正想发怒，待看清吼叫的是全镇有名的富户费丙成，这才委屈地辩解："费东家，我是在骂那个偷石榴的小子。"

"对谁也不能乱骂！"费丙成恨恨地瞪他一眼，面色变得铁青。那汉子做梦也没想到，他骂偷儿的那句话恰恰触犯了费丙成的大忌。不管什么时候，费丙成只要听到"你这个野种"几个字，他的身子就会条件反射地打起寒噤，就会起一阵眩晕，就会让他记起他一直压在心底的过去。

"你这个野种！"在那个遥远的过去里爹经常这样骂他。他记得他第一次记住这句骂是在一个傍晚，他吃晚饭时不小心打碎了一个碗，爹冲过来就扭着他的耳朵叫："你这个野种！"边骂边用脚踢他的屁股，他吓哭了，他不知爹为啥独对他这样狠，独对他这样骂，平日里哥哥姐姐弟弟妹妹打碎饭碗之后，爹既不这样打也不这样骂。他那时虽小，但也慢慢看出来，爹对哥哥姐姐弟弟妹妹都亲，独不亲他，他不知为啥，却知道做事更加小心不去惹爹生气，但就这也不行，爹每天总能找一个借口瞪眼骂他："你这个野种！"有一次爹骂完他"野种"之后，他委屈地扑到娘怀里哭问："娘，啥叫野种？"娘一句话没说，只紧紧地把他搂到怀里。他感觉出娘的身子在抖，娘的眼泪把他头发弄得透湿。他停了哭不敢问，他不想让娘伤心。从那时起，他就对这句话有了仇恨。

你不该这样失态！走出十几步之后，他又掐了一下自己的大腿。他不放心地扭头看了一眼那汉子：那家伙总不会去胡乱猜疑吧？

费丙成放慢步子，尽力在脸上恢复早先的平静……

离着老远，费丙成就看清了那张白纸上写的黑字：出售临街房屋两间。他走近人群时，侯四正扯着喉咙叫："好！柳北州出到了五千五，还有哪位愿开新价？实话说吧，这房子正处当街，可是开铺子做生意的好地方。盛芳家要不是急缺钱用，这房子绝不会出手！过了这个村可没有这个店，手上有钱的可早拿主意快开新价，要不，这房子可要归柳北州了……""我出五千七！"人群中忽又响起一个粗嘎的声音。"好！陈全桂开了新价五千七！"侯四立刻接口，"还有哪位愿来比试？"

费丙成默站在人群外，没去听侯四的喊叫，双眼直盯着站在房门口的姚盛芳。她还是那样白，没有显出老来，胸脯子仍是那样暄，屁股照旧那样圆，可她的眼圈发青发红，她没睡好！她哭过！是该叫你流流眼泪了！要不然你不会知道该怎样选择男人！你找上冯青太当男人真是瞎了眼睛！你以为他身材高脸不黑眉毛好看会拉二胡就一定能叫你过上舒心日子？尿！就凭他那两下子，你们能变成柳镇的富户？冯青太如今瘫在床上，你不仅要替他还钱还要侍候。想当初你要是做了我的老婆，我现在叫你吃香的喝辣的穿缎的！每天丁点活都不让你干！你会成为柳镇最享福最有钱的女人！如今是该让你流点眼泪了……

"我出五千九！"身旁一个老头突然高叫。这叫声使得费丙成身子一动。

"好！秦老六出到五千九了，还有哪位愿开新价？"侯四挥着干瘦的手，他这时才发现费丙成的到来，先是一怔后是飞过一个笑来，"五千九！"

费丙成觉得心脏猛跳了一下，原本窝在心底的那个愿望突然膨大：买下这座房子！不为别的，只为叫姚盛芳看看老子的本领和富有！

"我出六千五！"费丙成淡淡漠漠平平静静地说出一句。

这话使围在前边吵嚷议论的人唰一下扭过头，蓦然噤了声。他注意到姚盛芳也向自己看了一眼。

"好！费大东家出六千五！还有哪位愿再开价？"侯四大声叫。

人群一片静寂，且这静寂一直持续。没有人敢和费丙成比高低，镇上生意方面的事，凡听说费东家插手的，其他人便自动却步。谁都知道费丙成拥有一个面粉厂、一个豆腐坊和一个烟酒铺子，家产几十万。

"既是无人再开价，这房子可就归费东家了！"侯四高声说罢,便朝费丙成招手,"请东家进屋捺个指印。"

人群开始散去,在契约上捺完指印之后,连侯四也接过佣金走了,两间临街的空屋里只剩下了费丙成和姚盛芳两人。"我一会儿回去就让人把钱给你送来!"费丙成吐一个烟圈,在屋里踱着闲适的步子。

"谢谢费东家。"姚盛芳声音微弱,一双浸着凄楚的眼在这熟悉的屋里慢慢移着,两个眼圈又在渐渐变红,鼻翼在微微地翕动。

你心疼吗?难受啦?你的房子已经变成了我的!你是该尝尝眼泪的咸味了!不过你现在可别大哭,大哭会使你的脸变得难看,我最喜欢看女人双眼噙泪,就像带露的梨花一样动人。你是不显老,你看你那小腹,一点也不高,哪像我屋里的那女人,肚子像山一样,女人老都是先老肚子……

整整一天,费丙成都沉浸在一种莫名的兴奋里。上午从姚盛芳家出来,到家吩咐人把钱送去,他就进了酒馆,在那里边喝黄酒边听坠子,直到日头西斜才回家,仰进他平日闭目养神的躺椅里。

变凉了的微风溜进院子,慢摇着几株盛开的月季,于是一缕缕清香就往四下里溢,不断地钻进费丙成的鼻孔,使他越觉惬意。

刚买的那两间空屋又移来眼前,他开始盘算怎样利用这两间临街的屋子。做山货收购处?小酒馆?书铺?茶叶店?一定要把房子用好！要让姚盛芳知道，这房子在他男人手上落到了卖的地步，在我的手里却会变成一棵摇钱树！我要让她在心里掂掂两个男人的分量！

厨房里当啷响了一声，仿佛是什么瓷器落地，但费丙成没睁眼睛，仍继续着刚才的琢磨，不想厨房门口此时陡然响起了妻子的高叫："嗨呀！我的细瓷面盆呀！打死你这个野种！你这个野种……"

费丙成倏地睁开了眼睛，眼珠在瞬间凝定，一团金星飞来眼前，他又感到了那种习惯性的眩晕。妻子的话无意间又触到了他最敏感的神经。"你这个贱货，叫什么?！"眩晕过后他拍着躺椅扶手吼。

"我、我赶那个偷嘴的野猫。"胖至臃肿的妻子被丈夫的盛怒吓了一跳，"那野种把厨房……"

"滚，贱货！"费丙成愤然跺脚。妻子的话再次让他记起了当年爹骂他的声音：你这个野种！这声音当年整日响在他的耳边，他记得很清，十二岁那年秋天，也是一个傍晚，他拾柴回来刚进院门，爹一见他背上的柴捆不大就开口骂道：才拾这么一点，你这个野种！他那时已从镇上男人们的口中知道了"野种"二字的含义，他当时气得脸孔通红，胸口憋胀，浑身乱抖，他猛地开口顶撞：谁是野种？你说说我怎么是野种？爹当时被顶愣在那里，张口结舌直喘粗气。那天半夜他忽然被娘抑低的哭声惊醒，他仰躺在床上默听着娘带了哭音的恳求：……

他爹……孩子大了……求你别那样骂他……接下来是爹那气哑了的声音：老子偏要骂！你做的好事！你这个女人！跟着是娘的抽泣：……那怨我吗？我要不是为了你，为了孩子——他猛地捂上了耳朵，不敢再听下去……

"你凶什么凶？我赶猫也惹着你了？！"无缘无故挨了丈夫一顿骂的妻子哭着叫开了，"你以为我不晓得，你嫌我胖！你过去为啥不嫌？你当初为啥抱住我直叫宝贝？你现在有钱了，能去找别的漂亮女人了！呜呜……"

望着妻子那被眼泪鼻涕弄丑的脸和那身一抖一颤的肥肉，费丙成的眼前忽然莫名其妙地闪过了姚盛芳漂亮的身影。他猛摇一下头，把姚盛芳的秀影赶走，而后闷声朝妻子叫："行了，你！"

"行啥子行？俺是猪？俺是狗？你想骂就骂？你在外找女人，回来还这样厉害，还叫不叫俺活了？"妻子并不想马上罢休。

一团烦躁在费丙成的心中滚动，他很想再吼骂一阵，但两个上学的孩子就在这时走进了院里，他只得把那团烦躁强按下去，迈脚出了院门。他快步向不远处的酒馆走去，那时候天已黑透，他走得太急，又没看脚下，他突然感到脚下一低，随即便重重地摔倒在地，扭头一看，才知是自己刚才一脚踏进了街上的车辙。妈的！他恨骂一句，慢慢地爬起……

仅仅两天时间,姚盛芳卖出的两间房就变了样子:门窗漆成了绿的,墙壁刷成了白的,一条玻璃柜台把房间分成了两半,一排崭新的货架立在了柜台后边。

费丙成最后决定:在这里办个时新成衣店。他雇人用最快的速度把房子装饰起来。

傍晚时分,费丙成来店里察看,当他在室内巡视一圈走到后窗口时,无意之中瞥见姚盛芳正端一碗冒了热气的饭从低矮的厨房走出,进了后屋。他注意地看了一眼,那两间后屋檐头太低,墙有一半是土坯垒的,远不如这两间前房。如今她家只剩下那两间后屋和那个矮小的厨房,她和她男人、一儿一女、婆婆是怎么住的?一种掺了快意的好奇,使他缓缓拉开了店房的后门,悠然朝后屋走去。

他敲了敲门。随着姚盛芳的应答,门开了。一股药味裹着一股卧床病人特有的异味扑鼻而来,他强忍住没让自己皱起眉头。"我们以后就是邻居了,今天特来拜访。"他进屋之后朗声说道。屋子太小,虽然收拾得干净,那拥挤却是一眼就看出了的。费丙成用一种居高临下的目光打量着屋里的破旧陈设,将一缕讪笑沉进眼底。

"请坐,费东家!"姚盛芳低声让着,脸上依旧浸了凄楚。

哈哈,姓姚的女人,做了冯青太的老婆原来过的是这种日子!你自己不觉得寒酸?

"费丙成!"里间突然传出一声微弱却不友好的喊叫。

他微微一愣,自从他成了镇上的首富之后,人们一般都尊称他"东家",很少有人敢直呼其名,他听出这是躺在病床上的冯青太在喊,于是应了一声:"青太,叫我?"

"你进来!"里间的声音依旧很冷。

妈的!你如今还在老子面前硬什么?你敢这样同老子说话!费丙成不甚情愿地走了进去。

"听着!"躺在床上身子瘦削面色蜡黄的冯青太颤颤地抬起上身,声音微弱但清晰:"我那两间前房你只准使用不准乱改,我晚点一定要再买回来,你要胆敢毁坏,看我将来同你算账!"

"那是自然!"费丙成宽容、怜悯地点头。妈的,现在你还嘴硬!就凭你这本领,你还能再把房子买回去?认输认穷吧!告诉你,那房子老子买了就是我的,我愿怎么动就怎么动!

"费东家,你别在意,他卧床长了,脾气不好。"姚盛芳送他出门时小声道歉。

"没什么!"费丙成摇一下头,大步进了自己的店屋。

"给我的前墙再开个窗户!"一进门他就大声对装修店铺的短工下令。

"开窗户干啥?"短工们诧异。

"我要安放录音机的音箱,招引顾客!"冯青太,老子偏要在墙上再开个窗户!姚盛芳,我要让你知道,你男人说的话屁也不值!

两个短工于是开始在前墙打洞。

费丙成噙着烟在室内闲踱。一个工人正从屋梁上吊下两个圆形的绳环，预备把那块写有"各式服装齐全，欢迎进店挑选"的长方形广告牌挂上。费丙成饶有兴味地看着那个工人的动作，待那工人从梯上下来去拿那个广告牌时，吊在梁上的两个圆形绳环便兀自晃荡。费丙成起初还望着那绳环微笑，但转眼之间他面孔一变而成惨白，一缕惊恐从他的眼中闪过，二十一年前那幕相似的情景倏然浮现眼前：那天晚上，爹娘睡屋的梁上也悬挂着两个这样的绳环，娘和爹就是把脖子伸进这样两个绳环离开了人间。那晚上的事他记得太清：娘刚把晚饭做好，一伙臂缠红袖章的学生撞进了院门，先在院里高呼一阵揪出地主柳老七的姘头！然后冲进厨房，把吓呆在灶门口的娘架起来就走！爹和哥和姐和他扑上去夺娘，却都一一被推倒。娘最后被架在镇中十字街口的高台上，两个一百瓦的灯泡照着娘胸前那个黑色的纸牌，纸牌上写着四个大字：地主姘头！台下围满了臂戴袖章的人，他只能站在远处用泪眼望着身子瑟瑟发抖的娘。在学生们一阵老实坦白的呼喊之后，他听到了娘那泣不成声的坦白：……那年，俺孩他爹得了伤寒……家里没下锅的东西……我没法……去柳老七家帮工……给他家做饭……有天傍黑……柳东家猛从背后……抱住我……我踢他咬他……他不松手……他捂住我的嘴……说……要不从……就扣你这月的工钱……叫你滚……我不能没钱……费丙成没再听下去，他猛地咬牙转身，没命地向镇外柳老七家的坟地里跑去，发疯似的用双手去扒柳老七坟头上那黑色的土粒，直到双手出血累瘫在那里。他是半夜时分才拖着双腿挪回家的，回家时哥哥姐姐都已睡下，娘双眼痴呆面色青白地躺在屋里，爹正在他们睡屋的梁上绑着两个圆形绳环，爹看见他回来，先是一愣，随即像解释又像自语地说了一句：绑个套挂点东西。他当时只看了一眼那两个微微晃动的圆形绳环就进了自己的睡屋。他没想别的，他只想赶快进入混沌的梦里，好把晚上看到听到的事全部忘记。天亮时分，他被姐姐的一声惊叫弄醒，当他闻声跑进爹娘的睡屋时，看见爹和娘的脖子就套在那个圆形绳环里……

"解下！给我解下！"费丙成面色煞白地指着梁上的绳环叫。

"为啥？"抱来广告牌的工人愕然站住。

"不挂了，笨货！"他歇斯底里地吼……

五天之后，"费记时新成衣店"已经全部布置完毕，货架上、柜台上、空中横拉的铁丝上，到处挂满了各式各色的新成衣。费丙成决定第二天开业。那日后晌，他进店做最后一次巡视，这店铺他已定下由他的一个外甥具体负责经营，但他不太放心，他从货物摆放到进货账目又仔细地审看一遍，才满意地舒一口气。就在这当儿，忽然有人敲门，外甥把门拉开时，只见素衣打扮的姚盛芳站在门口。"哦，是你，快进来坐！"费丙成很高兴她此时来看他的店铺。

姚盛芳走了进来，这熟悉家屋的变化显然让她吃惊和意外，她的双手不自主地捏搓着衣角，眼睛怯怯地四顾。费丙成看着她的拘谨惶悚样子，不禁又想起了当年她撕他那张求爱纸条时的高傲神态。哈哈，你这个女人，今日为何不傲了？

"找我有事？"他把得意留在眼里。

"嗯。"姚盛芳在轻轻答出这声后，脸唰地变得通红，"俺想问问，你这店铺开业后，要不要帮忙的人？"

噢，原来如此！你到底求到我的面前了！"帮忙的人嘛，当然需要！"他让自己的声音稍稍拉长。

"要是需要的话，能不能让俺来？"姚盛芳抬起头，眼露恳求之色，"不怕你笑话，上次卖房子的钱，连欠债都不够还，如今还欠人家两千多块，眼下青太卧床，孩子们上学，都要钱，我上哪儿去弄？地里种的那点庄稼，只能糊住口，我真是没了办法。你这店里要是能让我来帮忙打杂，每月给我开几个工钱，也算帮了我的大忙……"

费丙成并没去听姚盛芳的低声诉说，他的眼一直盯着她那颤动的胸脯，一股含混复杂的情绪在他心里翻滚。当年，她的胸脯还没这么高，却已经引发了他多少奇想。那时我每夜做梦，几乎都梦见自己在一颗一颗解你胸衣的纽扣，差不多每当最后一颗扣子要解开时，梦就醒了。我原以为这梦早晚要成现实，却不料你竟看上了冯青太那个杂种！你心甘情愿地让他去解你胸衣上的扣子，心甘情愿地让他去摸你的身子！妈的，冯青太，你知道吧？你的女人现在来求我了！老子不仅有权改造你的房子，老子还有权支配你的女人！想到此，他的心急跳了一下，一股隐秘的欲望在胸中一闪：她的奶子究竟是什么模样？

"费东家，你说行吗？"姚盛芳眼里的恳求在增加。

"行，当然行！"费丙成急忙点头，"我原来就打算这个店由三人经营，我一个外甥一个侄女再另找一个女工。你愿来，我就不再雇另外的女工了。工资嘛，他们两人多少，我也给你多少，决不会亏你！要是青太那边有事，你还随时可以回去照顾，夜间也不需要你来看门！"

"谢谢了！"姚盛芳因为感动，眼眶有些发红。

"客气什么？又不是外人！"费丙成目送着她转身出屋，目光紧黏着她那浑圆的臀部，一团火苗在他眼中一蹿，又倏然隐伏。

他那天傍晚回家时心情极好。在街上，他看到一个六七岁的男孩在滚一个铁圈玩，竟破例地上前，耐心告诉那孩子：沿着街上的车辙滚铁圈，一次能滚出好远，并热心地上前示范，接过那孩子手上的铁圈，在光滑的车辙里连滚几次，使得那孩子高兴得直拍双手。直到那孩子的爹来喊吃饭时，他的心情才突然遭到破坏，原来那孩子的爹竟是地主柳老七的小儿子。看见对方，他厌恶地猛然站住，扔下铁圈转身就走，这么些年，他从不和柳老七家的人搭话。

走出几步之后，他又警惕地环顾了一下四周，还好，没人。倘使让人看到自己耐心地同柳老七的小孙子玩乐，也许会生出什么猜疑……

"费记时新成衣店"开业的头一天，生意就十分兴隆。鞭炮声中，一批又一批顾客拥进店门，姚盛芳和费丙成的外甥、侄女三人在柜台里忙不迭地介绍、收款、取衣。姚盛芳显然也为这种顾客盈门的景象激动，平日显得忧郁凄楚的面孔此时也漾着笑容。她那日穿一件蓝底碎花旧衬衣，在这满店簇新艳丽的时装面前，是显出了几分寒碜，但她天然姣好的面容和优美的身段，仍然吸引了不少顾客的眼光，默坐柜台一头的费丙成注意到，大部分进店的中年男顾客，目光都要在她身上停一霎，而后再看货、问价。费丙成抹一下脸，将一丝含义莫名的笑纹轻轻抹走。

一天下来，一算，营业额多达两千八百多元，纯利润近三百，费丙成故意大声宣布这个结果，待看到姚盛芳脸上闪过一缕惊羡之后，便摸出六张十元的钱，给姚盛芳和外甥侄女各递了两张，说："这叫喜庆钱！如果每天都这样干下去，每人月工资二百！"

当姚盛芳面露感激地转身出门时，费丙成的上牙轻轻咬住了下唇，双手不明缘由地突然攥在了一起。

大约是半月之后的一天傍黑，费丙成来到店里，对住店看护的外甥说："我今儿黑在这里看看账目，顺便值班，你回去

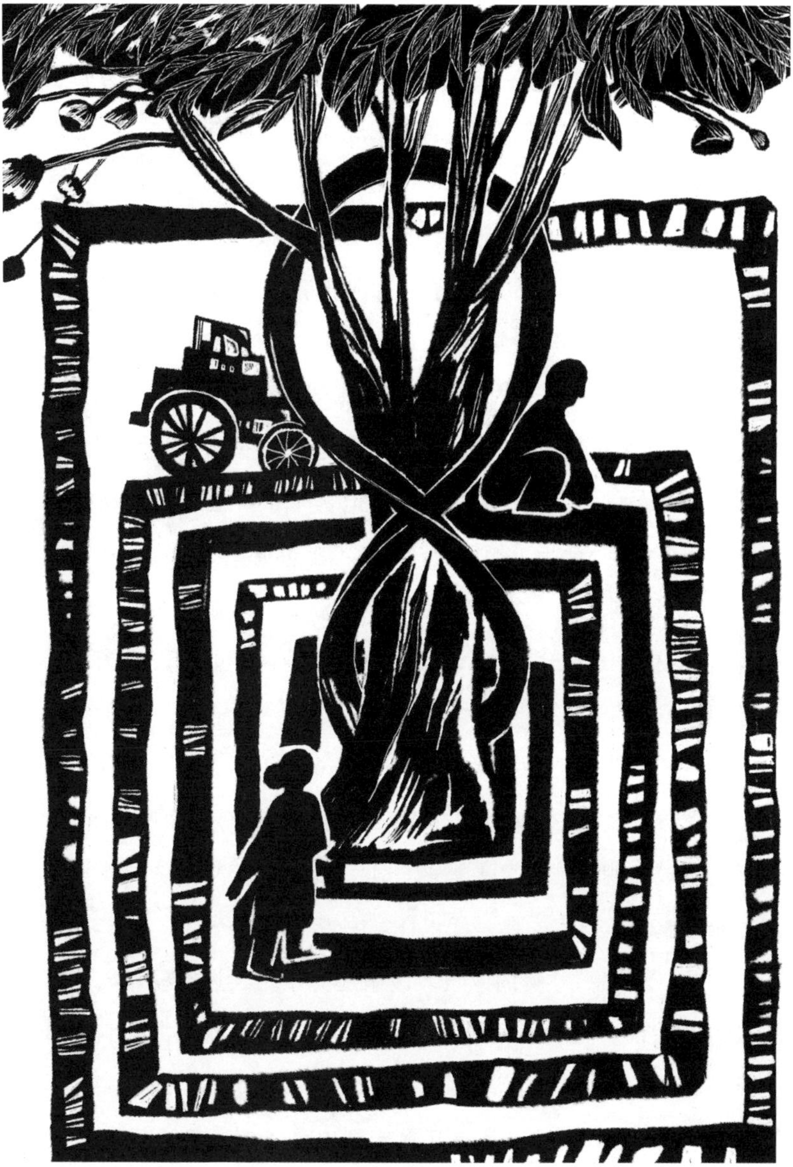

睡吧！"外甥刚走，他便拉开后门，对正在院里抱柴的姚盛芳高叫："小姚，待会儿有空，请来帮我摆点货物！"待对方答应后，他便拉上所有的窗帘，仰靠在外甥平日睡的床上，随意地点燃了香烟。

时间在静寂中不知过了多久，后门被敲响，费丙成麻利地起身开门。"对不起，来晚了，我刚把青太、婆婆和孩子们安顿睡下。"姚盛芳进屋先道歉。

"没啥，没啥。"费丙成一边插门一边摇头。

"摆什么货物？我干吧！"她边说边卷着衣袖。

"一点活，刚才见你没来，我把它干了。坐下，我顺便给你说个事儿！"他指了指床帮，手竟有些哆嗦。

"是这样，我一个姑家表妹，听说我办了个成衣店，非要来当营业员不可，我再三说人已够了，她还是要来，没法，只好请你……"他说得十分缓慢。

"哦？"姚盛芳意外地站起身来，双颊迅速充血，声音急急地，"费东家，你是知道的，俺家的日子，没有我挣这几个钱，真没法过，明儿青太又要抓药，小二要向学校交杂费，我正发愁能不能跟你借点，要是我也在家闲着，那可……"

"不要着急，"费丙成也缓缓站起身子，走近姚盛芳，宽慰似的抬手扶在她肩上轻轻拍着，"你要确实困难，我也不能不管，"说着，另一只手就也抚上了她的肩，"坐下，别急，有我哪。"当慌急中的姚盛芳重又在床帮上坐下时，费丙成在她双肩上的两只手，就开始慢慢下移，沉浸在焦虑中的姚盛芳，还没有感到那两只手的移动，只是担心地看着费丙成的眼睛，等待着他的回答，待她感觉到那双手在隔着衣服轻轻拨弄她的乳头时，她身子才猛一激灵，原本满是和顺恳求的双眼顿时睐起来，只见她呼地站起，猛把费丙成向后推个趔趄，恼怒地低叫："你想干啥？"

"不干啥。"费丙成尴尬地笑着。妈的，假装正经！你应该明白！

"你……"姚盛芳的双牙磕碰，泪水在眼眶里慢慢渗出，"以为我人穷好欺负？告诉你！你今后胆敢再这样，小心我去告你！"说罢，扭身就走。

"贱货！"费丙成的脸色阴沉起来，"明天，请不必再来上班，这些天的工钱，我会让人送去！"声音缓慢严厉。

"老子不要你的钱！"姚盛芳恨恨扔下一句，拉开门跑了。

费丙成呆站在原处，眼直盯着立在柜台边的一个穿着时髦蝙蝠衫的塑料女模特，妈的，你制服女人的本领还是不行！贱货，你等着！我会把你的傲气彻底打掉。

他一步一步走到女模特面前，刺啦一声扯下她的蝙蝠衫，在她的胸前狠狠捣一拳。

一连几日，姚盛芳都到附近公家和私人的厂子、店铺去找事做，有两家开始答应收她，但隔半天又婉言拒绝。她做梦也没想到，费丙成的那双眼睛一直在跟着她，只要她去了哪家厂子、店铺，费丙成随后就也要去拜访那家的主人，而且在闲谈中总要顺口说一句：我那成衣铺的邻居女人，手脚不甚干净，在我店里干了几天，拿走我不少东西，最后只好把她辞退。

没人愿雇这样的女人！

接下来，费丙成又开始打听姚盛芳的债主名字，弄清之后，便一一登门，在一番生意上的闲聊之后，总要顺便告诉：听说冯青太家最近弄到一笔钱，准备和别人合伙开店。于是几天之后，债主们就相继找姚盛芳催要债款，隔着后门的门缝，费丙成能听到姚盛芳对债主们的恳求。

他于是微微一笑：贱货！你可傲呀！

大约是两月之后的一个晚上，费丙成又来店里和外甥商量进货的事，刚坐下不久，门忽然被推开，费丙成扭头一看，进来的竟是姚盛芳，他顿时一怔，正琢磨对方的来意，却听姚盛芳平静地说道："费东家，我有点事想单独同你说说。""哦。"费丙成朝外甥挥手："你回去吧。"待门重又关上之后，姚盛芳走近费丙成两步，用极平稳的声调说："告诉你，我现在愿意了！"

"愿意什么？"费丙成在最初那一刹那还没反应过来，眼就意外地瞪着。

姚盛芳平静地抬手，解开了上衣的第一颗扣子。

费丙成感觉到太阳穴那里猛跳了几下，小腹陡然滚过一阵极热的东西。哈哈，贱货，你到底被我制服了！他端起桌上的茶杯，慢腾腾地喝了一口。

"我想问一下，一次你给多少？"她的一双眼睛望定他，像问一件极平常的事情。

"钱嘛，好说！"他啪一声拉开桌子抽屉，从中摸出一沓厚厚的十元票子，扔在桌上，微微一笑，"你现在就可以把这装上！"贱货！你如今晓得我的力量了？

"那我，现在就脱？"她盯着他的眼睛。

一股红晕蓦地罩上了他的脸，他慌乱地捯了一下脚，甚至不知所措地回头看了一下床。但几乎在同时，他又在心里喊：你怕什么？东街开旅店的陈九龙不是早就姘上了一个寡妇？北街办碱厂的林老三不是暗暗娶了二房？你那么多钱放那里干啥？带进坟墓？冯青太，你不是不服输吗？你看我不仅改造了你的房子，老子还睡了你的女人！

"脱吧！"他听见这两个字从唇间蹦了出来。他原本想起身，像他当年无数次在梦中做的那样，去一颗一颗解她的衣扣，但最后他止住自己，让她自己动手！我看得出，你还想忠于你的男人，你是被逼得没了办法才来，我一定要让你亲手把自己的傲气撕碎！

她缓缓地木然地动手去解上衣纽扣，目无所视地望定近处的柜台。

他不由自主地抓紧茶杯，睁大眼睛。他觉出自己的心跳加快，神经开始拉紧，双颊迅速变热，太阳穴开始嘣嘣乱跳。

她把上衣全部脱了。

他屏住了呼吸，双手几乎把茶杯攥碎。当姚盛芳那雪白的肌体袒露在他的眼前时，他抑制不住地笑了：哦，我到底见到你了！你这个用衣服包裹起来让我想了多少年的东西！

她一步一步地向床边走。

他冲动地站起身，双手依旧紧紧攥着那个茶杯。

"我不能怀孩子！"她冷冷扔来一句。

"噢，"他笑了，这话进一步刺激了他那兴奋极了的神经，他感觉出心跳得更加厉害，太阳穴上血管的搏动声都能听见，"怀一个好！你要真为我生一个孩子，我给你两万块！"

她倏地扭脸望住他的眼，从唇间突然迸出一句："我不想养一个野种！野种！"

"砰！"一直紧攥在费丙成手中的茶杯轰然落地。

他的双眼蓦然无限地瞪大，爹和娘的面孔和两个圆形绳环一下跳到眼前，你这个野种……你这个野种！……地主姘头……野种！……柳老七……我不能没钱……野种！……一大片声音顿时在他的耳边轰鸣滚动，一大团金星扑到眼前旋转飘荡，一阵剧烈的哆嗦从脚跟升起蔓延，他清楚地听见体内的什么地方咔的一响。

满脸惊异的姚盛芳看见费丙成的双手先是向上抓了一下，随即整个身子便重重地向地上倒去……

费丙成一病不起。

三个月之后，当人们再次看见费丙成时，他已经瘦得十分吓人，原本黑亮的短发，竟大半白了。

没人再见他去过成衣店。

成衣店由他外甥经营，姚盛芳是那店里的女工。他开始拄着拐杖走路。一日，几个孩子看见他拄杖出门过街，在迈过街中间的老车辙时，拐杖被绊，身子一个踉跄，人重重摔倒。他坐在车辙里喘息了半天，才又颤颤站起……

登基前夜

白昼的亮光像懂事的狗一样，蹑起足一步一步退出了客厅，四下里除了桌上那架自鸣钟轻微的嘀嗒声之外，便只剩下了袁世凯自己的呼吸声了。他仰躺在沙发里一动不动，两眼的目光也全收回到了眶里，任凭夜暗把自己完全裹住。

　　明天，我就真的要当皇帝了？

　　我们袁家的人真有这个福分？

　　祖上积的大德真要成就我了？

　　他侧了耳去听隐约从前院传过来的喧闹声，他知道那是在为明天的登基大典做最后的准备。如果不出意外，十几个钟点以后，我就真的要登基成为洪宪皇帝了。

　　能出什么意外？

　　谁还能阻挡住这件事的进程？

　　那就放心吧。

一个侍卫轻步走进来要去开灯,他咳了一声表示"不必",他喜欢在这种夜暗里想问题,黑暗能使他的思路不至于中断,能把事情想得彻底。

可这心里为什么总有点不安?

是不是事情还有纰漏?

南方那帮人的反对难道真能……

"报告,客人来了!"

突兀而起的报告声令他打了个激灵,他坐正身子,应了声:请他进来,灯不必开了。

片刻之后,借着一点微弱天光可见,一个瘦小男子的身影出现在了客厅门口。来人似乎对客厅里不开灯并不意外,径自摸索着走到他对面在沙发上坐下,而后慢腾腾地开口:这个时候能见到你很高兴。

知道我为啥现在叫你来吗?

想听听真话。你的身边很少有人敢向你说真话。

那你就说吧。

说哪方面的?关于明天的事?

对。

你知道我一向说话直来直去,如果我说得不合你的心意,你可不要生气。

说吧,我俩之间还用讲这个?

总统,以敝人之见,明天的事还是以不做为好。我过去曾向你暗示过这一点，今晚我特别想向你明确说一次。

为什么？

以我对世事的一点了解，觉得眼下的潮流是兴立议会，废君主选总统或行君主立宪。如果此时逆流而行，恐会困难多多，弄不好还会有灭顶之灾。

我明日之举，是顺应朝野呼声，怎能说成是逆流而行？

我想总统比我明白，那些呼声是怎么发出来的，发出那些呼声的人数究竟有多少！

你这是什么意思？难道我……

我是说，不管有多少人要你这样做，你都不必这样做；很多人要你这样做，不是出于对你本人的体恤，而是他们自己另有所图。

可现在已是箭在弦上，不得不发了。

仍然可以不发，把弦慢慢放松，让箭落地就行了。

可我不愿松弦。

为何？你现在已经是总统，什么都拥有了，为什么非要再去当那个皇帝不可？

这你就不懂了，当总统和当皇帝并不是一回事情。说一个最明显的例子，当总统最多可以私下娶几个小妾，就这还有可能遭到舆论的谴责；而当了皇帝，三宫六院七十二妃完全是正当的。这是小事，重要的是，当总统要受议会两院的掣肘，你想干的事情，两院不同意，你就很难干成。而当了皇帝，出语即是圣旨，有谁敢违抗，立马斩首。我研究过外国的总统制度，也当了这些天孙文传给我的总统，我知道总统掌握的是相对的受制约的权力，只有皇帝掌握的才是最高的绝对权力。我一定要尝尝掌握绝对权力的滋味！

这对你很重要吗？

当然！你知道我在仕途上走了一辈子，我最后一定要走到极顶，要体验一下完全掌握别人命运和这个国家命运的那种味道，要不然，我这一生就会留下遗憾。我想要圆满！

每个人的一生都不可能圆满，没有一个人能实现自己的所有愿望。

可我能！你不信吗？过了今天晚上，我就要登基，我就要实现自己的最后一个愿望，当上皇帝！

这个我信，可你想过没有，要是灾难在你当了皇帝之后接踵而来怎么办？

是什么样的灾难？你能说得准确一点吗？

我不可能预测得很准确，我只是凭直觉感到，会有很多人对你的行动表示反对，国内可能要起兵。如果这反对的浪头过于巨大，就有可能把你的愿望打烂甚至冲走。

你是指现在南方那些人的反对吧？我不怕！我早晚会把他们压下去的。我既然能从一个平民一步一步走到总统的位置上，我就一定能迈好最后一步！

既是总统这样自信，我就不必再说什么了，我告辞了。

等一等！我刚才给你说的是我的决心，并不是说我心里就没有担忧。我明白我此举是冒着不小的风险的。我想请你帮我分析一下，究竟可能会出现哪几种结局。

第一种结局，你遇到了反对和反抗，主要是舆论的和少部分军人的反对和反抗，但你最终将其平息了，你如愿以偿，平安地做起了皇帝。你个人和国家都未受大的损伤。文人们也可能会给你一些赞颂，赞颂你力挽狂澜，恢复了帝制，史书大约也会为你留下一个较重要的位置。这是最好的一种结局。

第二种结局，你遇到了有组织的武装反抗，你动用了你全部的力量进行压制，但无力将其完全平息，于是国家便处于长期的内乱之中。你虽然成了皇帝，却无法使自己的权力达于全国。你将长期地为平息内乱耗费精力，你会活得很不痛快，国家和平民也将为此蒙受巨大损失。

第三种结局，你遇到了强大的舆论反对和武装反抗，你尽了一切努力却没能平息下去，最后大军压城，你不得不在威逼下宣布从刚刚登上的皇位上退下来，重新恢复总统制。不过这时国人绝不会再允许你当总统，你在下野后会失去一切权力和被尊敬的地位，将重新去过默默无闻的平民生活。

第四种结局，你在强大的军事压力下坚持不妥协，坚守京城，最后城破被俘，从此失去人身自由。你可能会在国家的监狱里度过余生。今后的史书也将不会给你同情，你会落下笑柄和骂名。当然，你也可以避免被俘，不过那就需要你下决心和这个世界告别，采用……

住口！你这样信口开河，不怕我治你罪吗？

我一开始就……

好了，我答应过你不生气的，原谅我没能控制住自己。

我该告辞了。

再坐一刻。这么说，依你的判断，如果我明天照原计划行事，出现后两种结局的可能性就很大了？

我想是这样的。

你除了要我终止明天的计划之外，还想给我别的什么建议？

我只想重提刚才的那个建议：停止施行明天的计划。

我说过，我不想停止。我不想停止的原因，除了刚才讲的那些之外，还有一条忘了告诉你，那就是如果我万一成功，我讲的是万一成功，那我的皇位就可以传下去，儿子、孙子，一代一代地传下去，这权力就不会落到别人手里。倘是当总统，届一满，就要交出去了。我觉得，为了子孙后代，我值得一赌！人生就是赌博，我已下决心要赌了。所以，我只想听你说出另外的建议。

好吧，既是这样，你第一条要做的，就是在登基之前，也就是在今晚，迅速地把有可能在今后领头反对你的人，秘密监控或是处死，可以寻找各种理由，务必不能手软。

处死？

对。第二条，命令你所属的军队，连夜向各军事要塞运动、展开并做好一切迎战准备，尤其要守好长江防线。未来可能置你于死地的军事力量，极可能就是由江南过来的。

哦？

第三条，准备一部分金银细软，连夜密藏于京西山中，以备日后困难时所需。

还需要这个？

第四条，做好撤离京城的一切准备，登基大典之后就可以秘密和某一外国驻京使馆联系，佯说出访，实则为出国避难铺平道路。

嗬？！

第五条，把眼下劝进最积极的那几个人掌控好，以便日后在不得已时将他们杀掉以平国人情绪。

你说得可真有点吓人了。

这也是从最坏处考虑。

如果从好处考虑，出现了第一种局面，你说我应该怎么办？

恐怕……

我说的是如果。

你应该励精图治，像过去那些有作为的皇帝那样，把你的臣民带到一个富裕之境里去。你肯定也已经看到，如今的国内，由于长期战乱，民生凋敝，哪个村子都没有几间好房子，到处都有饿死者的尸体，许多人衣衫褴褛，面带菜色；乡村里田地荒芜，城镇中厂坊倒闭。长此下去，真要国将不国了。倘是你能扭转这种局面，国人也许会原谅你的恢复帝制之举，渐渐把一份尊敬给你。

能不能说具体一点，我将怎样治理才能很快扭转眼下的局面？

我没想那么细，但起码有这么几点应该做到：一个是息兵，给百姓一个平安从事做工和耕作的环境，不要动不动就起兵征伐；凡能用谈判平息的争端，用和平手段解决的事情，就决不要用武力。一个是减轻徭役赋税，给百姓一个休养生息的机会，宁可官员们暂时苦一点，宁可国库里库存暂时少一点，也不要再给百姓增加负担。再一个是整顿吏治，决不应再允许贪污和贿赂之风盛行，可严厉处置一批贪污受贿之高官，对其行绞首抄家之罚，以震慑下层官员。回望历史，不管哪一朝代之衰败，皆从吏治腐败始。据我的观察，一旦贪污受贿之风开始盛行，必先使百姓对皇室生出离心，再渐渐生出恨意，发展下去，顺理成章的是揭竿而起造反，使他们生出砸烂旧朝建立新朝之意愿。如果到那时再去挽救，就晚了。另一个是和边地那些人数不多的部族亲善往来，不要强使其进贡朝拜，以免他们因不满而滋扰内地或投靠他国。最后一点，是你个人……

我个人应注意什么事情？

这头一条是……

说吧，不论你说什么我都不会生气，我答应过你的。

先不选妃。虽然皇帝选妃是正常的，但在你登基初期，这件事不宜先做。有一种社会心理不知你注意到没有，这就是天下的男人在内心里对皇帝可以随意拥有很多美女是忌妒、反感、不满的，这种心理平时并不对皇权构成威胁，但在一些特殊的社会不稳定期，比如在你刚刚登基、社会尚未完全接受你的这段日子里，则可能诱发集体的破坏性反抗举动。

我明白。

如果你看中了哪个女人，可以不事声张悄悄把她接进宫中。

好吧。还有什么？

先不给家族中人分封官职。虽然皇室成员做官合乎惯例，但人们内心里是反对一人得道鸡犬升天的，为了避免引起反感，此事可缓一步再做。

说得对。还有吗？

做出亲民举动。

亲民？

亲自察看对民生有大意义的事情，比如治水之工程，比如赈灾之进展，比如学校之建设，等等，必要时甚至可以微服私访，以了解真实情况，做出处置，从而让百姓知道你是一个关心他们疾苦的明君。这一点做到了，你就真有可能坐稳龙椅了。

说得好！还有吗？

对各家报刊的主笔施以恩惠。

主笔？

这些人手中的笔可以把你捧上天将你称颂得满身生辉，也可以把你踩在地将你骂得臭不可闻。过去的不少帝王对这些人多是进行打和压，想使他们害怕恐惧从而缄口停笔，我以为这不是上策。最好的办法是怀柔，不时地召见他们，在节日里向他们馈赠礼品，甚至可以赐御宴款待，必要时可以给他们加封有名无实的官职，据我所知，这些人对做官也都存一份向往。

好。

再就是慎言。

慎言？

你一登基，按照过去的说法，就是真龙天子即位，天子不说话则已，说则是金口玉言，就要落实照办。若未加考虑就对某一事发言，办下来说不定就成了笑柄。

当然。

还有一点，就是凡办理有可能给你的形象带来坏影响的事情，切不要留下文字记录；不得已必须留下字迹时，也要在事后立即销毁。最好请人为你设计一个箱子，这箱子里的有关文字记载，只有你一个人才能打开箱子来看，任何别的人都打不开；如果别人于你身后用强力打开，则箱子在打开的同时会立时起火，将其中的纸张全部焚毁。

妙！

还要建立一个秘密监视系统，这个系统只对你一个人报告监视结果。这个系统的要务，是监视你手下直接处理国事的大臣们，看他们做事是否尽心，看他们是否有贪污受贿行为，看他们是否有结党之举，看他们是否有背叛之心。这个系统必须行事机密，不能让被监视者知道自己被监视，否则可能促发事变。

明白。

也可和佛、道两界中人建立联系。可以不定期地到寺庙、道观里去走走看看，顺便送点香火钱。获得这两界中人的好感之后，他们会在法会上为你的平安祈祷。这种祈祷固然帮不上你实际的忙，却也可以为你的治国安邦提供心理和舆论帮助。

有道理。

最后一点，你要经常请一些国学大师一些西学研究权威为你讲课，把国学中一些对治国最重要的东西和西学中对治国有帮助的东西记到脑子里，你毕竟是一个东方大国的君主，你必须拿得出真正有远见的治国方略才行。这就需要你不停地学习东西。

很好！

我要说的就这些了，但愿它们对你有用。

都很有用，真是听君一席话，胜读十年书啊！

但愿上天能给你使用它们的时间。

你是到最后也不相信我会成功呀。

我是很愿相信的，只是理智告诉我……

那就不要说了，给我一次祝福吧。

我祝福你。历史有时会特别关照一个人，甚至会为了这个人宁愿去拐一个弯。但愿这次它为了你，也会格外开恩。

谢谢了。

我想请总统允许我告辞。

好吧。我希望我俩今晚说的这些，会像过去那些谈话一样，成为永远的秘密。

自然。

我还希望你能答应在明天的大典举行之后，留在我身边一段时间，以备我随时请教，职位和俸禄嘛，我会给……

这恐怕不行，先生知道我早就发誓终生不仕，要再谈到钱的事，那就更……

好吧，我尊重你的选择。来人，送客。他站了起来，那人也起身施了一礼，而后像来时一样，快步走出了满是夜色的客厅。

他重又在沙发上坐下，默然望着粘满黑暗的客厅屋顶，许久之后才咳了一声，随之，一个侍从出现在了客厅门口。

他已经出院门了吧？

是的，走的后门。

秘密监视他的行踪！

明白!

一旦发现他和其他官界中人有接触,立刻就……

明白!

点灯吧。

那侍从一挥手,几个人立刻进屋点亮了所有的灯。顷刻之间,满堂明亮,袁世凯也一变为满脸生辉。

告诉她们,我今晚不见任何女人。

明白!

他起身向长长的书案走去,在书案前俯下身,把目光投向了那份摊开的"登基大典程序说明"。

明天,一切就看明天了!……

金色的麦田

一

据说天夫的脐带被产婆剪断的那一刻,一股小麦新熟的香味在全村弥漫开来,除了鼻子有病的七爷之外,满村人都闻到了那股麦香。当时正是寒冬腊月,离麦熟的夏季还隔着一段日子。这件事让全村人惊奇了许久,人们都说齐家人世代种麦,与麦子打交道,弄得连胎儿身上也带了麦子味,保不准又是一个种麦高手来了。

天夫头一回跟他爹学种麦是在他过罢六岁生日不久。他记得是一个阴云重重的早晨,他正费力地在一碗清汤稀饭里捞一块不大的红薯,他爹走过来扯了扯剃头匠在他头顶留下的那撮头发说:今儿个跟我去学种麦!他当时多少有点意外,因为饭前娘交代给他的任务是头晌割草,而且他自己也还另有点安排——去邻居家看昨日刚得的一只狗崽。他怯怯地说完他的打算，他爹就瞪了他一眼：看你娘那个屁狗，看狗能顶饭吃？咱种庄稼的要紧的是早学种庄稼的手艺！他自然不敢再犟，紧忙把碗里的稀饭吸溜进肚里，出门跟爹向地里走……

多年后天夫告诉我，他头一回跟他爹下地学的是种麦的头一道工序：整地。他爹让他站在地头，看如何用耙把犁好的地耙得平坦如镜，再看怎样用锨头把稍大的土块砸碎，后看如何把土肥均匀地撒进土里。他爹让他记住六个字：地平、土细、肥足。

天夫说，他接下来学的是牵牛拉耧，牵牛讲究脚走一条线，这样才能麦垄不打弯；牵牛人要走得不紧不慢像新郎去见岳丈，被牵的牛要走得不慌不忙像新娘去入洞房。

天夫说，待他把选种、摇耧播种、查苗补缺、苗期施肥、锄草松土、浇水保墒、防倒伏、估产量、确定收割日期这全套的种麦手艺学会，已经整整十二岁，蛋包子上都长了小毛毛了。

天夫说，学种麦最关键的是先学会敬土地爷，土地爷是所有神灵中脾气最古怪的一个，你要稍有不敬，他就会给你点颜色瞧瞧，弄不好就会叫你颗粒无收。天夫说他曾亲自给村北的土地庙庙门里外各贴过一副对联：庙小神通大，威灵震四方；土能生万物，地可发千祥。天夫说最好的敬法是每年种麦前在自家地头摆点香火，让他老人家知道你要动耧下种了，请他从种子落地时就开始关照。

到我能记事的时候，天夫已经是闻名四乡的种麦好手了。每到种麦时节，天夫很难闲下来，不是这家请就是那家叫，这时的天夫，常常扛起他家那个种麦的耧，跟着邀请的人得意扬扬地向田野里走。他倘是碰巧看见我站在俺家的门前，就会高喊一声：嗨，跟我吃肉包子去！我知道肉包子的香味，有时会跟上他跑出一段不短的距离，但最后总是被娘或姐姐喊回来。有一些傍晚，如果我没有早睡，天夫帮人种罢麦从俺门前过时，常能真的塞几个肉包子到我手里，且低声交代：记住让你姐也尝尝！可我很少照他的叮嘱办事，总是三下五去二就把几个包子全塞进嘴里，之后才跑到姐姐面前解释：天夫给的包子太小！姐姐这时常要咯咯一笑，用指头弹一下我的肚子叫：馋猫！

天夫那时闲下来常怂恿我要学会种麦这门手艺，一再对我说：你娃子这辈子只要有了种麦的本领，你保准就能吃香的喝辣的，永远不会饿肚子。他还常教我背一些种麦的谚语，比如：肥田种稀，薄田种密。比如：寒露到霜降，种麦莫慌张，霜降到立冬，种麦莫放松。比如：麦子浇五水，馍馍送到嘴；芒种夏至麦穗黄，快收快打快进仓。天夫教得非常认真，我却学得心不在焉。一句谚语有时背一天还背不下来。天夫这时就有些生气，就屈起指头敲我的头说：你太不成器，你的脑子比你姐差远了！逢这时我也会生气，会朝他突然吼起来：我姐脑子好使你找她教去，缠住我干啥?！他见我发了火，又会带了笑说：好，好，不训你了，没想到你个小狗娃，脾气还挺大哩。

　　天夫的种麦技艺到他爹下世时已趋炉火纯青，凡经他手种、管、收的麦子，总能比别人种、管、收的麦子在产量上高出二到三成。不过我爹对天夫并不服气，我爹认为自己的种麦本领并不比天夫这个晚辈低，倘不是那一年我爹被驴踢断了一条腿，我们家和天夫在种麦上就不会发生联系。

　　我爹被驴踢伤时已近霜降，别人家都在忙着整地种麦，我们家则忙着给爹找接骨大夫，待大夫把爹的骨头磋对齐打好石膏时，别人家的麦子都快种完了。爹忍住疼叫住他的长女也就是我的姐姐说：小米，今年这麦子我是种不成了，你赶紧去找天夫，一定请他来帮忙，帮工费咱出最高的！姐姐小米于是拉上我去找天夫。

　　那是一个正午，天夫和他妈还有两个妹妹正在他家的灶屋里吃着午饭，饭是面条，天夫吞面条时发出的响声有点惊天动地。姐和我站在门口时，天夫正在全心吃饭，姐有些惊奇地注视着天夫吃饭的样子，直到眼睛有些毛病的天夫娘问了一声：谁？天夫兄妹几个吸溜面条的声音才戛然而止，天夫才意外而惊喜地站起来叫：小米，是你?！

　　姐说了来意后，天夫立刻放下碗应允。行，后晌我就去帮你家种，反正俺家的地已经种过了，只是谁帮我牵牛？

牵牛？姐诧异了，姐对种麦一窍不通。

播种的耧是要用牛来拉的，牛套上耧后，需要一个人在旁边牵了它走。牵牛的人必须保证牛笔直匀步向前走，这样才能使播出的麦垄直溜漂亮不缺苗断垄。天夫比画着说明。

那，我来牵吧！姐说。我们家在齐村是外姓人，没有别的亲戚，爹躺倒之后，就只有娘和姐两个劳力了。

那天后晌，天夫扛着他家的耧，拉着他家的牛和姐姐一起向俺家的地里走，姐姐胳膊上挎着麦种，我则跟在后边用一根柳枝不时去打牛的屁股。

到地头之后，天夫先把麦种倒进耧里，然后从怀里掏出四个鸡蛋外加一把敬神的香点燃了插进地头的土中，跟着就跪下去面朝着麦地磕了个头。我有些惊奇，问：磕头干啥？姐急忙用手捂住我的嘴，俯耳告诉我说：这是在求告土地爷，让他老人家保佑播下去的麦种都能出苗！

接下来天夫开始套牛，他把牛往耧上套好之后，笑着对姐说：我得摸一下你的额头。姐吃了一惊，后退了一步问：干啥？天夫说：你没有牵牛的本领，在一侧牵着它的缰绳走还不如你在前边领着它走，这样才能保证垄不打弯；可要想让牛顺从你领路，得让它先闻闻你的汗味，让它和你熟络起来。姐有点半信半疑，但为了种麦，她最后还是把脸朝天夫伸去，天夫在姐的额头上慢腾腾抹了一把，临撒开手前还碰了碰姐的两个脸蛋，使得姐的脸红了个透。然后他把手伸到牛鼻子前停了一霎，这才开始让姐在前边走，他吆牛拉耧跟在后边种了。

　　天夫的话似乎不假，那牛果然老老实实地跟在姐姐身后走，种出的麦垄笔直笔直。我站在地头看守着麦种，有两个外乡男人这时从地头过，看见地里的耧印后赞叹道：这小两口种麦的本领还行。我听了也很高兴，待姐引领着牛从地那头走过来时，我兴奋地向她报告了那两个人的夸赞，我说：姐，他们在夸你和天夫哥哩，说你们小两口种麦的本领还行！天夫听见，快活得眉毛都飞走了，他一边看着姐姐一边扶着耧问我：他们是咋说的？我刚想重复那句话，姐就红了脸朝我叫：小豆，你个傻东西，不能胡说！

　　那天晚上照雇人种麦的规矩，也包了肉包子要招待天夫，但天夫执意不来吃饭，天夫说：把肉包子给小豆吃吧！其实娘只舍得包了五个包子，我两顿就把五个包子吃完了。麦种完那天，姐舀了五升绿豆给天夫家送去算是帮工费，但姐姐送去后又被天夫原样提了回来。天夫对姐说：绿豆俺家有的是，你要真想谢我，就麻烦给我纳一双鞋底，俺妈眼不好，纳鞋底太吃力。姐听了笑笑说：行。姐当下就找来一块黑布，让天夫在布上踩了个脚印。几天后的一个黄昏，姐让我把一双黑帮布鞋给天夫送去。天夫接了鞋笑道：我说是要双鞋底，怎么做了一双鞋来？好，好，我也得谢谢你姐和你。说完走进里间屋，摸出一块花布和几块冰糖送到我手里交代：冰糖你吃，花布给你姐，只是别叫你娘和你爹看见。我当然答应，这点事我能办成,我先把那块花布塞进俺家门前的柴堆,待吃罢晚饭爹娘在睡屋里说话的当儿,我轻步走进姐的睡屋把花布交给了她。她又意外又高兴,把花布披到身上比试来比试去,还在我脸上亲了一口。我那天没有告诉她天夫哥给我冰糖的事,我想我得到的东西其实比她的好。

天夫帮俺们种的这季麦,出苗很好。到春天麦苗长高锄草的时候,从地头走过的人都夸俺家的麦子长得齐整。那时俺爹腿上的骨头虽然已经长牢,但因接得不很到位,只能走路,不能干活,一干活用力,就疼得龇牙咧嘴。所以麦地里的活只有靠娘和姐去干,娘还要做家务,地里的活便主要靠姐去做。把五亩地里的草锄一遍可不是个简单的事,姐从早到晚在地里抡着锄头。那些天,总是姐锄地,我和妹妹在麦垄间寻找着野菜。看着姐姐满头大汗的样子,我真想上前帮帮她的忙,只可惜我抡不动锄头。有天后响,我忽然看见天夫拎把锄头过来了,进到我家的地里就弯腰锄起来。姐看见后说:天夫哥,锄地我行,你快歇着去。我真怕天夫哥听了这话会走,可天夫哥没理会姐的话,只管低了头唰唰地锄地,到天快黑的时候,他锄了快有一亩。说真的,我那天对天夫心里充满了感激,收工后,我拉住他要让他到俺家吃饭,他不,他说:小豆,等日后你长大了也来帮我锄地不就行了。姐那天没有再对天夫客气,只是在天夫拎了锄头走时,她直盯住他的后背看,好像是看他走路的样子,眼睛眨也不眨,一直看到他走进村子。我喊了一声：姐，咱们也回吧。姐这才回过神来把头点点。

那年的麦子长得很高，扬花时节我走进麦垄里，麦穗子都高出我的头了。有一天姐姐请天夫到地里看看要不要再浇一遍水，麦穗子都齐住他们的腰了。我那天站在地头看他们往地里边走，看着看着，忽然不见他们的影了。我担心他们是碰到蛇了——麦垄里有时有蛇，姐对蛇可是特别害怕。我于是就也钻进麦垄去找他们。在麦地里找人可是真难找，麦秆太密，根本看不出多远去。我找了半天也找不到他们，要不是后来听见一种类似牙疼病人的吸溜声，我真要急坏了。我听到那种声音后急忙喊：姐，你在哪儿？是叫蛇咬了吗？我这样一喊，那声音停了，过了一阵，天夫满头大汗地走过来抱住了我问：小豆，你没看见啥东西吧？我说：我能看见啥？麦秆这样密，又有风刮得麦秆乱晃，啥也看不清。这当儿姐也满脸是汗过来说：小豆，我在这儿。我看了看姐的两个脚脖，果然没见伤口，这才放下心。

所有的人都在断言这是一个丰收年景，家家都认为今年的收成会好于往年，爹甚至在忧虑家里的老麦囤盛不下今年打下来的新麦。谁也没想到老天爷会在这时来作梗，会突然决定在我们村子附近下场冰雹。冰雹到来是个正午，当时我正在天夫家门前同几个伙伴玩玻璃球，太阳倏忽间被黑云遮住，一阵冷风狗一样叫着围过来，我打了个冷噤，我刚想再打个喷嚏，一阵噼里啪啦的响声已到了耳边。我以为是暴雨来了，但那雨点打在头上意外地疼，我定睛一看，原来那不是雨点，而是些比玻璃球大不少的冰蛋蛋。我和几个伙伴急忙躲进天夫家的门楼底下，正端碗吃饭的天夫这时从屋里奔出来，先是嗷地叫了一声，随即便扔下碗抓过一块薄木板顶在头上向地里跑去。我呆望着天夫的身影消失在白茫茫的冰雹里。几分钟之后，冰雹像它刚才来时那样，又突然间停了。这时村里的各家人都开门向村外的田里奔，我看见姐正慌不择路地向俺家的麦田里跑，便也跟了上去。路过天夫家的麦地时，我听到了呜呜的哭声，只见天夫抱头蹲在他家的麦地里，冰雹刚才从他家的南半截麦地经过，那半截地里的麦子全被冰雹砸断在地上，麦穗和麦秆都成了碎片。我和姐奔到自家地里，顿时也傻了眼，只见从麦地的南头到中间将近一半的麦子被冰雹砸了个七零八落，姐也当即哭开了。我那时不知道心疼麦子，流不出眼泪，只是有些惊奇地望着满地的麦子尸体在心里嘀咕：冰雹原来是这样厉害的东西！不知过了多长时间，天夫来了，他走过去劝姐姐别哭，说老天爷总还有点良心，还给咱们留下了一半口粮，要想开点。我抓住这机会问天夫为啥冰雹没砸了那另一半麦子，天夫吸了吸鼻子说：冰雹不像雨，雨下一大片，雹走一条线。可能是它作起恶来太厉害，所以老天爷没有全放开它的手脚……

这场冰雹把村里大人们的笑声一下子砸得无影无踪，日子变得沉重起来。就在这种沉重的气氛里，麦收开始了。由于每家人所剩的麦子都不多，所以今年的麦收没有显出紧张，各家人都是不慌不忙地磨着镰刀。

开镰割麦后,天夫收拾完自家的麦子,又来俺家帮忙。爹瘸着腿和娘在麦场上忙活,姐和天夫负责把割下的麦向场里挑。那天晚上,眼见天已经黑定,去地里挑麦的姐姐和天夫还没回来,娘就叫我去看看,说别是谁挑担子扭了脚。我走到地头时,月牙子还没升上来,四周净是黑。我有点害怕,喊了一声:姐——姐在两捆竖立起来的麦子那边应了一声。我刚要跑过去,却又听姐说:小豆,你快由站的地方往南走一百步,把我的扁担拿来!我照姐的嘱咐往南数着走了一百步,可哪儿有扁担?我回头高声朝姐姐报告:没见扁担!姐说:没有你就过来,我在这边找找。待我走到姐姐身边时,她已经和天夫都把扁担插进麦捆担在肩上了。往回走的时候,天夫问我:小豆,你刚才看见啥了没有?我说:没有,天黑乎乎的,能看见啥?他说:那就好!我有些不明白,问他啥就好,他又不吭声了。

这年收罢麦不久,住在县城里卖蒸馍的表姑按照惯例,来俺村里买麦子。她到了俺家和随行的伙计喝罢一碗柳叶泡的开水后,就高腔大嗓地宣布:我这次来,除了买麦之外,还想给小米说个婆家。她这一说,姐立刻脸红了,姐说:我这辈子不找婆家。娘听见姐这话,就瞪她一眼说:哪有不嫁的闺女?快听你表姑说下去!表姑这时便眉开眼笑地介绍:我说的这人,可是个有头有脸的人物——县立中学的校长,姓耿,人长得气气派派,一月的薪俸够买一石麦子。

那校长多大年纪？娘先开口问。

三十七，前妻死了，没留下孩子，说要续娶一个，但不找寡妇，这样，我就想到了咱小米。那可是个福窝子，小米只要去了就会享福！你想，一月的钱够买一石麦子，不管旱涝风雹都是一石麦子，比在乡下种地可是美气。要紧的是，咱小米从此可以到城里过日子，再不用到庄稼地里受风刮雨淋日头晒……

姐要找婆家的事，我觉着是个大事，而且在我的心里，总觉着和天夫也有些关系，于是就在傍晚去天夫家院门前玩时给天夫说了，天夫听罢很吃惊，拉住我的胳膊一连声地问：可是当真？我点点头说：俺爹娘都已经答应了，过几天就送姐去城里让人家相看。天夫的脸阴沉下来，跟着就见他进屋扛了一袋麦子出来，径往俺家走。我问他扛麦子干啥，他不答，只一个劲儿地走，双脚在地上跺得很重，像在和谁赌气。他进了俺家院子，嗵一下把麦袋子靠在俺家堂屋门前，爹和娘闻声迎出来问他这是干啥。他说：送给你们的！送麦干啥？爹有些意外。天夫好半天没有出声，最后才脸脖子通红地说了一句：我想娶小米！爹和娘都被他这话惊住，半响说不出话。天夫这当儿又说：我会种麦，我能养活你们全家！爹这时回过神来，慢腾腾地开口道：天夫，你是个勤快孩子，你有娶小米的心并且想养活俺们，我和小米他娘都很高兴，只是你该知道，小米有弟弟、妹妹在吃闲饭，我的腿又干不了啥活；你也有几个小妹妹在等着你养活,你娘的身子又不好,咱两家的田地合起来不到十亩,单靠你一个人来种庄稼,怕是很难让这么多人吃饱肚子。我知道你种麦的本领不错,可种麦不是光凭本领的事,还得老天爷点头,老天爷要下场冰雹,你种的麦子再好,也吃不到嘴里,咱今年这季麦子,不是被砸了一半?你是个聪明孩子,你该替小米和俺们家想想,现如今她表姑给她说了一门好亲事,男的是城里的一个校长,一月的薪俸能买一石麦子,你说俺们该不该答应?

天夫被说呆在那里。

一直在里间屋听着的表姑这时出来冲天夫说:我说你这个小伙,鸟往高枝落,人往高处站,俺表侄女她好不容易有了个进城过日子的机会,你可不能耽误了她!表姑的话还没落音,天夫就扭头跑出了门去。这当儿,一直坐在里间床沿听着的姐姐,便哇一声哭开了。

当天晚上,爹拐着脚把天夫扛到家的那袋麦子又送了回去。

姐姐是一个来月之后出嫁的。出嫁的前一天晚上,姐姐趁爹娘不注意,将一个钉死了盖的小木头盒子塞给我,让我偷偷交给天夫哥,可天夫那天晚上不在家,我只好将那个小盒子交给他的一个妹妹。

第二天姐姐上了城里派来迎娶的马车出村之后,我去找天夫问他见到那木盒没有,我估摸那里边装有贵重东西,姐要留给天夫作纪念。他娘看见我,指了指村外地里他家的祖坟说:一大早他就去坟上砍树枝了。我犹犹豫豫地向他家祖坟走,那坟上长有松树、柏树和一些杂树棵子,我有点害怕,离着坟地还有老远我就喊他的名字,躺在坟地青草丛里的天夫闻声抬了抬上身,我这才敢向他身边跑去。干啥?他看着跑近了的我问。木头盒子你见着了没有?我气喘喘地问。见着了。天夫并没有显出高兴,边说边从身边的草丛里摸出那个木盒子——里边啥也没有,只有一颗用几层纸包着的麦粒。我要麦粒干啥?他瞪住我问。我也有些意外,真只装了一颗麦粒?我拿过那个盒子打开来看,内里只有一个纸包,揭开几层纸后,果然只见一颗麦粒。我想看出那颗麦粒和别的麦粒的不同,但也没看出什么异样来。姐姐这是干啥?我有点愣住了。

你姐八成是提醒我要继续帮你们家种麦。天夫懒洋洋地说罢,又仰身躺了下去。回去吧小豆,到了种麦的时候我自然会去,我们齐家人也只配帮工种麦啊……

姐姐婚后第三天回门来家,趁姐夫和爹娘在堂屋说话的当儿,她把我拉到厢房里问我把那个木盒子交给天夫没有,我说交了。她又问天夫看罢木盒里的东西都说了些啥,我就把天夫在他家祖坟上说的那些话对姐姐复述了一遍,没想到姐姐听了这话怒火满腔,气汹汹地叫了一声:猪脑子!并无端地朝站在她身边的狗踹了一脚,使得那只家养的黑狗委委屈屈地叫了好半天。

我不明白姐姐这是气从何来，就说：其实以后要想叫天夫来帮咱家种麦，我去喊他就是，你何必再给他留一颗麦粒……

姐姐闻言急忙捂了我的嘴，姐姐眼瞪住我压低了声音说：小豆，从今以后绝不准再提这事，再提我会撕你的嘴……

二

姐姐嫁到城里的第二年，解放军来了，同来的还有土改工作队。一些土地多的人家作为地主被看管起来，我们这些土地少的农户被告知可以从地主们那里再分回一些土地。天夫家分回了二亩，我们家分到了三亩。

这是一个让人高兴的年头。

天夫继续种麦，而我照爹的吩咐，开始割草、放羊和拾柴。

由于天夫有种麦的手艺，他在互助组和初级社里都受到欢迎，并成了村上的劳动模范。有一年他所在的社里小麦亩产破了纪录，社里还让他戴上红花到乡里出席了一次模范会议。也就在他开罢这次模范会不久，说媒的三爷走进了他家的院门，把一个名叫雨的邻村姑娘说给了他。

天夫那些天显得非常高兴，每逢看见我都要忍不住地重复：小豆，你等着瞧，我一定要让麦子的亩产再增高一些，说不定会增二百斤！我那时已经会开玩笑，我说：天夫哥，你这劲头是不是因为有了"雨"？他笑笑，说：你个小毛孩懂得啥子？！

我在去城里姐家做客时，顺口把天夫要娶亲的消息说了出来，不想我的话音刚落地，姐姐手中正洗的一个白瓷碗砰一声掉到地上摔得粉碎，我说：姐，你咋了？姐说：这个碗上有油，太滑了……

天夫举行婚礼的那天，姐姐突然拉着她的长子——我的外甥长穗回来了。姐说：邻居结婚是喜事，我也该回来送点贺礼。她带回来的是一个红花被面，我替她送给天夫家记礼单的人，让他在礼单上写清：小米，送红花被面一个。

新娘雨是坐着披了红绸的牛车进村的，车在天夫家门前停下那阵，姐抱了长穗也挤到人群里去看新娘。新娘雨拉住天夫的手在人们的欢声笑语和唢呐声里下车向院门走，经过姐面前时，没想到被姐抱在怀里的长穗会突然扬起小手把麦粒撒向了新郎，那些麦粒全都落到了天夫的头上。众人先是一愣，随后便都哄地笑了，有个小伙还朝天夫叫：这是在提醒你，以后别忘了种麦……

那天回家我拉着外甥长穗问他：你从哪里弄到的麦粒向人家天夫身上撒？他指了指他的褂子口袋：俺妈给俺装的。姐这时在一旁接口：那是图个吉利，麦从天上掉，人在地上笑，是祝愿新郎今后的日子过得更美……

天夫婚后的日子果然过得不错，每次看见他，都见他脸上挤满着笑意。我有时忍不住问他：人结了婚是不是特别舒坦？他笑笑用手指弹了一下我的额头：等你日后娶了老婆你就知道了！

谁也没有想到，天夫的这场婚姻没有持续多久就宣告了结束。姐也没有料到这个结局，那一阵我每次去姐家，姐总要问：你天夫家嫂子生孩子了没有？我常常回答：没有，没见她的肚子大起来。姐听了我的回答总是自言自语地在那里诧异：应该怀上了呀？！

天夫的这场婚姻毁于因种麦而引发的一场批斗——这已经是另外一个秋天了。这时候全国都在"大跃进"，农民们当然也要跃进，上级命令齐家村的麦地要实行密植，每亩地下种不能少于一百斤，以保证亩产达到十万斤。对于这个命令人们都默默照办，独有天夫站出来反对。他站在地头高声发着牢骚：咱种了这么多年麦子，还从来没听说麦种能下到百斤的。种子下得太多，苗出来就会密不透风，每棵苗就只能长一个蝇头小穗，到最后，五百斤的产量也难达到！他的话惹恼了上级，天夫被关进了乡政府里反省。

姐是从进城办事的村人嘴里知道天夫被关的消息的，她于一个傍晚骑自行车回来，车后架上带了不少吃的东西。她进屋就把那些吃食交给我，要我第二天一定送到关进乡政府里的天夫手上。姐那晚还让我和她一起去了天夫的家，去看了天夫的妻子雨，雨看见我们就流了泪，雨说：日子没法过了，以后咋还有脸往人前站？姐说：人啥日子都能遇上，要能挺过去！姐那天临走时还给雨手里塞了二十块钱。

可雨最后没能挺过这段日子。在天夫被关的那段时间，县上来的"大跃进"工作队陈队长经常找雨训话，要她同天夫划清界限，坚定地站在"三面红旗"一边。雨是一个颇有姿色的女人，经常低眉顺眼地站在陈队长面前接受教育，竟让陈队长起了邪心。于是在此后的训话进行时，陈队长便使用了另外一套词语，并最终在一个晚上把雨抱到了他的床上。渐渐地，村里人包括我都风闻到了那个晚上的情景——

那天晚上下着小雨，雨走进陈队长的宿舍时衬衣被淋得有点湿，陈队长拿过他的一件衬衣放到雨手上说：先换一换，你穿着湿衣裳我心疼。雨说：不用。陈队长说：你要不好意思了我就扭过脸去。雨说：不。后来，陈队长就拿过一张纸说：县种子站为了保证实现农业种子上的跃进，最近决定从农村招一些有实践经验的青年农民进城到种子站工作，当国家正式工作人员，我想推荐你去，你愿意吗？雨有些意外和惊喜，问：真的？那队长将手中的表格递给她：当然，你看看！我够格吗？雨有些不放心。我了解过了，你懂种麦，又有点文化，而且你手巧，你看看你这指头，让人一看就知道啥都会干……那队长边说边拿起雨的一只手摩挲，由手指摩挲到手背，由手背摩挲到小臂，又由小臂摩挲到胸口，最后把雨摩挲到了他的怀里……

人们都恨那个队长，我心里也替天夫抱不平，我决心等天夫反省出来后把雨背着他干的事告诉他——我那时还不懂这种事对一个男人的打击有多大，不懂这种事的处理办法。

当天夫在反省期间被押回大队里接受批斗时，我常默默站在远处观看，我在同情之余总觉得他太傻：你为啥要多嘴多舌？叫你密植你就密植呗，为啥要逞能去公开反对？反正是上级让干的，减产了又不让你负责！而且就是丰产了，分到你手上的麦子能有多少？

天夫后来是在一个飘着雪花的后晌被释放回家的。他走到村口时我看见了他，急忙披一件蓑衣去接他，就在村口，我告诉了他雨和那队长的事，我原以为天夫听了我的报告后会满脸感激，没想到他会恶狠狠地瞪住我叫：你胡说！

我急忙解释：这事千真万确，我要说一句瞎话，天打五雷轰。

他一把抓住我衣领子叫：你为啥要告诉我这个？

我愣住：这还用问为啥吗？

你这个混蛋！他骂了我一句，搡开我，跟跟跄跄地向家里走。

那天晚上，天夫家传出了吵闹声，我有些担心地凑近去听，却主要是雨在叫：你这个反对"大跃进"的坏蛋还有资格来吓唬我！告诉你，老娘已经决定跟你离婚，老娘要进城去当工作人员，再不跟你种地受罪了……

雨是三天之后离村进城的。那个工作队长没有骗她，果然把她安置在县种子站，那种子站离我姐家并不远。

十几年之后的一个星期天，也已进县城工作的我办事经过县种子站，在种子站的大门前，我看见一个穿着讲究的中年妇女正朗声向一群购买麦种的农民介绍小麦新品种"南达二四"的优点，我定睛一看，是雨。她也认出了我，走过来同我说话，我望着年龄、风度、气质都已大变的她心里充满感慨，尤其是当她的一双城里打扮的儿女跑过来拉她回家吃饭时，我忽然想：雨当初的选择也许是正确的！

雨走之后，天夫常常一个人枯坐在门前的石头上，再不就是到村四周的田地里转悠。他有时会在傍晚，一动不动地蹲在麦地头，直到天黑透。有天傍黑，我看见他又走到西坡的麦地头蹲下，就走了过去，我原想劝劝他想开点，别为挨批斗和雨走的事伤心，不料他看见我说的第一句话竟是：小豆，快准备准备吧，要有灾难了！我当时一惊，忙问他啥灾。他说：我这些天每夜一合上眼睛，就看见我爷爷抱着一些人骨头过来，让我帮他埋埋，过去我从没有做过这样的梦，这不会是一个好兆头。我当时以为他这是因为生气说的胡话，就没往心里去。几天后的一个傍晚，我收工走到村边，天夫忽然喊住我说：小豆，你快来看！我以为有啥好景致，就快步走到他身边。他指着村边的庄稼地说：看见了吧？那么多人在地里找东西。我打眼一看，地里哪有人？人们早收工回村了。我笑道：你的眼睛是不是出了毛病？地里哪有一个人？他说：你看仔细点，明明有那么多人在地里找东西！我估计他因为心情不好精神有了点毛病，就没再同他多说，只劝他：快回家吃饭吧。

这之后，我就见他在刷洗他家的一些坛坛罐罐，而且还到我家借了两个不用的空坛，我问他干啥用，他不细说，只叹口气道：有点用处。有一次，他让我去另一户与俺家关系不错的邻居那里为他借两个空坛，我因为认定他是精神不正常在瞎折腾，就干脆拒绝了他。直到那个可怕的春天过去之后，我才算知道了那些坛子的用处。

这期间，天夫还催我去城里告诉我姐，说灾难就要来了，让她做点准备。我自然没把他的话放在心上，更没去城里给姐说什么。

我为我的愚蠢终生后悔！

三

我和许多人一样，都以为那是一个寻常的春天，以为它和过去的春天没有两样，只会带来草木旺发和百花绽放，带来温暖的阳光与和风，根本没有料到它会一改往年的温柔面目，狰狞可怖地把饥饿这个厉鬼悄然释放了出来。

那厉鬼起初只在远处啸叫，因为村里有大食堂做依靠，人们并没有太紧张，到食堂宣布已经无粮做饭，各家须自想办法寻吃食的时候，人们才真正慌了。村里人一齐拥向地里，起初是去寻找去年秋季遗留在地里的早已冻坏的红薯和刚刚发出嫩芽的野菜；后来是寻找刚刚从寒冬里缓过劲来的可吃的动物：兔子、老鼠、蛇；接下来开始剥树皮、捋树叶、找无毒可吃的野草。望着满地里低头寻找可吃之物的人，我忽然想起许多天之前天夫给我说过的话，他说他看见好多人低头在地里寻找什么，我的心一颤：莫非那时就是一个预告？想到天夫，我才注意到这些天一直没有看见天夫的影子，他好像并没有到地里寻找吃食。我这时已无精力去想天夫的事，饿鬼已经闯进我的家里，我们全家每天都被饥饿折磨着，找什么东西吃成为全家唯一忙碌的事情。我去城里找姐姐求救，不想他们家也几乎断顿，姐只能给我五斤红薯干让我带回来。这之后，我们把榆树皮捣碎成粉，做成类似粥的东西吃下去；把陈年积下的旧棉籽放在锅里炒，而后捣碎去壳吃籽仁；把不知什么年头剥下的一块牛皮放在锅里蒸煮，然后去毛把煮涨了的牛皮一小块一小块地吃下去；把往年剥去了籽粒的玉米棒芯，粉碎后蒸着吃。到最后，所有可吃的东西全吃完了，再也没有啥东西可供全家吃了，家里能够进肚的东西只剩清水了。在喝了一天清水之后，娘流着眼泪断断续续对我和弟弟妹妹说：娘实在没有办法给你们找吃的了，你们各自出去想法寻个活路吧。这时我和弟弟、妹妹的身子都已浮肿，走路已经很困难，哪里有力气出去找吃的？娘摇晃着身子刚走到院门口，就扑通一声倒下了，我挂着木棍走过去，拼力将娘扶起来，娘只看了我一眼，就咽了气。我和弟弟妹妹都已无力再哭，只用苇席将娘卷了，勉力在院墙外十几步处挖了个坑，将娘埋了。村里这时已相继开始死人，能听得见这儿那儿有断续无力的哭声响起。除了这几缕哭声，村子里再没有其他声息，没有鸡鸣狗吠——所有可吃的动物早进了人们的肚子；没有人说话的声音——村里人已没有力气把话送出口，交流都只靠眼神了。我已经绝望，我估计自己和弟弟妹妹也将在一两天内饿死，我根本没想到，奇迹会在娘死的这个晚上突然出现……

这天晚上我们都睡着后——其实是处于半睡半醒昏昏沉沉的状态，肚里难忍的饥饿不可能让人睡得很沉，我忽然闻到了一股麦子的香味，这时我的嗅觉已变得十分灵敏，任何一点可吃的东西所发出的气味都能被我的鼻子发现。但我对鼻子闻到的这股香味不敢相信，这个时候哪还有麦子存在？我没有让自己睁开眼睛，我在心里断定这是鼻子所犯的一次错误，但那股香味持续不断地往我的鼻孔里钻，那味道之好之浓之有魅力，最终迫使我睁开眼下床去寻找那股麦香的出处，我拄着木棍循着那香味找去，最后发现那香味来自屋外窗台上的一个布包。我有些惊奇：这个布包是哪里来的？我记得很清，这窗台上从来没有放过布包！莫非真是神仙来搭救我们给我们送来了麦子？我跟跄着上前抓住了那布包，哦，天哪，真是麦子！是一包麦粒！我急忙去掐自己的胳膊，我害怕这又是一个梦——这些天的几乎每个夜晚,我都梦见自己找到了美味的吃食,有多少次,当我迫不及待地要把那些美味往嘴里送时,梦醒了。手指掐胳膊所引起的疼痛使我吸了口气,我明白这不是梦,我高兴得心都要蹦到窗台上了。我抓紧那布包抱到怀里,唯恐它再一下子飞走。啊,一定是神仙可怜我们,给我们送来了麦子!我几步走进屋里,高兴地对处在昏沉状态的弟弟妹妹低了声叫:我们有吃的了,是麦子!他们几个都醒了,我点亮了灯,把布包里的麦子拿出来让他们看,他们的脸上立刻放出光来,弟弟甚至抓了一撮麦粒就要往嘴里送,我急忙攥住他的手说:等等,不能吃生的,我这就去煮!

我去灶屋给锅里舀上水,而后抓了一小把麦粒放进去,我说:咱们不能一顿吃很多,咱们必须细水长流,争取靠这点粮食熬到公社发来救济粮;再说咱们饿了这么久,乍一吃多也会撑坏了肚子。弟弟妹妹都点头,默站在那里看我向灶膛里添柴。

锅里的水终于开了,正在变熟的麦粒所发出的香味变得更加浓郁诱人,弟弟妹妹的眼睛都一眨不眨地盯着锅盖。我告诉他们要耐心再等一会儿,煮麦粒比煮面条需要更长时间。我边说口中也边流着口水,我感觉到肚里的肠胃因为这即将变熟的麦粒翻腾得更加厉害。

麦粒终于煮熟了,一个个饱涨得如吹足了气。我拿来四个碗,每个碗里分十七颗麦粒,而后加满带了一点麦香的水,依次递给弟弟和两个妹妹。我要他们细细嚼慢慢咽，这样才能使麦粒完全被吸收，但弟弟并没管我这叮嘱，接过碗三下五去二就把十七颗麦粒全送进了肚子，而后便眼巴巴地看着我的碗，这时我才刚把碗端起，我没有办法，只好又把自己碗里的麦粒给了弟弟四粒。许多年后，我从一家粮库的门口过，看见门口的尘土里散落着许多麦粒，我当时想，如果在那个春天，这些尘土里的麦粒至少可以救活十个人的命。

我们兄妹四个，就靠这一包麦子坚持到了救济粮发下来，我们虽然都全身浮肿，但命总算保住了。事后我才知道，就在我们收到那包小麦的那个早上，全村每户人家也都收到了同样的一包小麦，人们都在为这包救命的小麦的来历惊奇。我最初只相信这是神仙的恩赐，后来细细审视那个包麦子的布包时才注意到，它是用一件旧衬衣改缝的，而且在上边发现了几个模模糊糊的钢笔字：大坏蛋。我立刻认出那三个字是我写的，是我当初同天夫开玩笑趁他在树下睡午觉时在他衬衣上写的。啊，老天，麦子原来是天夫送的！问他那包麦子是不是他送的。他不置可否地说：管他谁送的，你只说吃着香不香吧？我说：香，那是我此生吃过的最香的麦子！他说：知道香就行了，就该以后好好种麦子。我追问他那些麦子是从哪里来的，他起初死不开口，在我顽强的坚持下，他才在我保证不说出去之后说明了原委。原来，他早在几年前就看出饥荒会出现，开始用偷的办法悄悄收藏麦子，他把那些麦子装进坛坛罐罐深埋进院中的地下，在饥荒发生之后才一点一点往外取，他原本是只为自家一家人度饥荒做准备的，后见村里饿死人了，便给每户分了一点……我想起当初他向我借坛的事，问他是不是就是为了藏麦，他说是的，他说如果你当初多为我借几个坛子，我就可以多藏一些麦子，说不定会多救活几个人……

我后悔得心都发疼了。

知道了这些之后，我也才明白天夫何以会有心绪和力量在这个饥饿的春天娶一个媳妇。那女人名叫清音，也很有几分姿色，要是正常年景，怕是难看上天夫这样的人。天夫娶这女人的经过十分简单，据天夫后来说，那是一个晚上，他刚用小锅煮了点麦粒预备给全家吃，忽听门外扑通响了一声，他一惊，以为是有干部来搜查，到门外一看，才发现是一对母女晕倒在他的门前，那当妈的二十几岁，怀里的孩子也就两岁的样子。他知道她们是饿的，先抱那娘俩进屋，喂她们喝了点煮麦粒的热水，待缓过气来，又喂她们吃了点熟麦粒。母女俩肚子里有了东西，这才有劲睁开眼睛，那当妈的当时就挣扎着给天夫跪下了，感谢救命之恩，天夫慌忙把她扶起说：大妹子，快起来。那天晚上，看着那母女俩已无处可去，天夫和娘就在外间屋为她们铺了个地铺让她们睡下。半夜里，睡在西间的天夫正做着梦，忽觉着有人在掀他的被子，他迷迷瞪瞪地睁开眼就着月光一看，原来是那个少妇正想钻进他的被筒。他吓了一跳，慌忙坐起身抓了一件衣裳披上身说：大妹子，这、这可……那少妇就哽噎着说：大哥，俺看你是好心人，想求你救人救到底，把俺娘俩收留下来，给一口饭吃，让俺们能活个性命。你要是不嫌弃，就让俺做了你的媳妇……天夫当时惊得半晌没吭声，倒是天夫他娘在东间接口说：天夫，就让她们娘俩跟咱们过日子吧。天夫这才哆哆嗦嗦地把手放在那女人的肩上……

多年之后，长大成人的我和天夫说起那个名叫清音的少妇，天夫以淡然的口气告诉我，他那天晚上虽然和她睡在了一起，但真正让她成为他的媳妇是在将近一个月之后。天夫说他当了几年的单身汉，又一直有吃的在养着身子，见了女人当然有冲动，但当他摸着清音那筋骨毕现的身子，就涌起一股痛惜和心疼，他实在不忍心压向那个几乎承受不了任何压力的身子，他是把她抱在怀里抚慰她睡了一夜的。此后的那些日子，他只管每日煮了麦粒让清音母女吃，当然是逐渐增加数量以免撑了她们的胃。经过将近一个月的调养，清音母女的身子渐渐恢复了过来。清音先是身上有了肉，继是颊上有了红色，再是月经也恢复了正常。当那次久违了的月经过去之后，有了力气的清音主动把天夫拉上了自己的身子。那是一场慌乱而持久的忙碌，也就是在那些忙碌之后，他们的女儿冲冲才得以来到世上。在整个齐村，冲冲是那年唯一出生的孩子。

大饥荒过去之后，有了老婆、女儿的天夫干活更有精神，种麦也更加上心，只可惜那时是以生产队为单位种地，天夫麦子种得再好，分麦时也只能和别人一样，分回来一百二十斤口粮。但这并没有妨碍他种麦的热情，每次见我都劝我跟他学种麦，说要把种麦的手艺都传给我，但我对种麦没有兴趣，我一心想像姐姐那样当一个城里人，后来姐夫为我在化肥厂弄了一个招工指标，我得以进城当了工人。

我离家进城当工人的那天，天夫刚好在村边的麦地里锄草，他看见我从地头走过时喊住我说：要是在城里干活不顺心，你就还回咱村里种麦子，种麦子才是世上最要紧最值得做的事儿，天下哪个人不要吃麦子？人活世上，就该去干值得干的事儿。我听了虽然连连点头，心里却在笑他不懂事：我好不容易进了城，还能再回来种地去受风刮日头晒？

进了城见到姐姐，我把天夫劝我回村种麦的事给她学说一遍，我原以为姐听了也会笑的，未料姐听了呆了半晌叹口气说：他的话并没错，大家要都不把种麦当回事，咱们上哪里去吃白馍？

这之后我有几年没有回村，没有再见到天夫。有一天，我最小的妹妹来城里看望姐姐和我，在饭桌上顺口说到天夫，说天夫最近倒霉了，我和姐姐听了都一惊，姐姐立时停了筷子问：为啥？妹妹说：他犯傻，给队里种麦之前还要敬土地爷，又烧香又摆鸡蛋的，被人汇报了上去。姐姐听罢，要我立刻回村一趟，去找生产大队的革委会主任为天夫说说话，那革委会主任早先在城里上过学，是姐夫的学生。我于是就骑了自行车回去，到大队部见了那革委会主任，那主任还真给面子，当下就把关在大队部里的天夫给放了出来。我用自行车驮着天夫往村里走，他说：谢谢小豆来搭救，幸亏你还记得我。我抱怨他干啥这年头种麦还敬土地爷，惹来这些麻烦？他毫无愧意地说："咱种地的不敬土地爷咋行？多少辈子的规矩咋敢破？你没见如今的小麦亩产越来越低，要再不敬敬土地爷，说不定又会有闹饥荒的一天！"我问他果真相信有一个土地爷存在？他说，当然。这世上这么多的土地，没有个神灵掌管哪行？我看他一脸虔诚的样子，也不好再说什么。

我那天把天夫送到家，他老婆也就是那个叫清音的女人非要留我吃饭不可，我谢绝她的挽留走到院门外时，天夫又追出来小声说：小豆老弟，麻烦你在城里帮我买点保胎的药。我问他给谁吃，他指了指院里的女人清音，低声说：给她，她因为担惊受怕，总说肚子不好受，我担心她流产。眼见我年岁大了，她要是流产了生不出个儿子来，我这种麦的手艺日后传给谁？我急忙点头应允。

几天后我就从城里给他捎回了药，可惜那一胎最后也没能保住，清音还是流产了。我劝天夫别伤心，让清音以后再怀。不料几年过去了，清音到底也没怀上。天夫有一次见到我很沮丧地说：八成是我老了，精水里没有东西了……

清音带来的那个女儿和天夫的女儿冲冲相继长大出嫁之后，天夫曾想把自己的种麦手艺传给两个女婿，但这时打工潮已经兴起，两个女婿都愿意到城市里打工挣钱见世面，根本不愿去学种麦。两个女儿也不赞同她们的丈夫在农村种地，天夫只好作罢，毕竟不是儿子，天夫不敢强迫两个女婿改变选择。

天夫老了，满头的头发都白了。我有一次回家看见他一个人弯着原本就开始佝偻的腰在自家的麦地里锄草，喘息声惊天动地。我心疼地走过去劝他歇歇，他摇着头说：忙惯了，不干活心里也空得慌。我说：你两个女儿都孝顺，就是不种地她们也会养活你，你该享点福了。他叹了口气说：我看见麦地里有草，不锄掉心里总着急……

我没想到这竟是我和天夫的最后一次交谈。

天夫死在第二年的种麦时节，死讯是村里一个来城里卖菜的人到我姐家歇脚时说的，说是天夫在抱着麦种袋往楼里添麦种时，一头栽倒在地死了。他死那天，他家的麦地才种了一半。

姐和我听了这消息都呆了一阵，姐随后就对长穗和我说：咱们得回去一趟，给他送送终，人家过去帮过咱们。长穗如今在县政府机关上班，工作很忙，听了他妈的话后面有难色，说：妈，我们机关里这两天事挺多，天夫和咱家又只是邻居关系，我就不回去了，你和舅舅回去到他坟上看看也算尽了礼数。没想到姐一听这话生了气，厉声说：再忙也得回去，啥事有比给死人送终要紧？长穗见他妈生了气，只得收拾东西准备动身。

　　我们三个人回到村里时，天夫的女儿、女婿们已把他埋葬完毕。我们赶到齐家的祖坟上，送葬的人那刻都已经走了，坟上只有白色的纸幡在风中摆动。也已显出老态的姐姐弯下腰点着了带来的大捆火纸，我放了一挂鞭炮，之后姐对站在一旁的长穗说：按村里的辈数，你该向天夫叫舅舅，你今天既是来到了他的坟上，就给他磕个头吧。长穗一怔，十分意外地看着他妈：你说让我给他？晚辈给长辈磕个头有啥了不得的？姐姐顿了顿她的拐杖。长穗求助似的看了看我，我也觉得姐让长穗给邻居天夫行磕头这种大礼有点过分，但又不好当面再说什么。长穗见我没有说话，只得不甚情愿地在坟前跪下了双膝……

　　第二天早饭吃罢，姐让我和她一起去天夫家一趟，我猜姐可能是想去安慰安慰天夫的媳妇清音和他的两个女儿。不料到天夫家院门前一看，门上已落了锁。旁边的邻居说：天夫的两个女婿如今都已在城里做起了生意，清音已随两个女儿去城里了，一大早就动身走了……

　　我们那天返城经过天夫家的责任田地头时，看见天夫死前种下的麦子已出了芽芽，旁边尚未来得及种的那二亩多地里，草苗苗也已开始露了头。姐姐在地头停了步，长久地拄杖望着空无一人的麦地。长穗上前催她走时，姐叹了口气说：长穗，你该留下把这块地补种完的！

凭啥？长穗惊得几乎跳起来。

姐姐没再说什么，只是揉揉眼睛，拄着拐杖朝前走了。

我若有所思地看着姐姐那也已开始佝偻的后背，陷入长久的沉默之中……

释 放

饶义生第一次拿过父亲行刑用的那把锃亮的砍刀时打了一个真正的寒噤，鸡皮疙瘩顷刻间便密布了全身，他哆嗦着手把砍刀扔在了地上，砍刀落地时的声响像猫叫一样在院子里四下冲撞。父亲饶一坤皱了眉头冷冷地说：你小子连刀都不敢拿，日后还怎能吃得了行刑杀人这碗饭？父亲要他把刀重新捡起扛在肩上，在屋里来回走上三趟——由后墙走到门槛，再由门槛走到后墙。饶义生在父亲威严目光的催促下，不得不把那沉重的砍刀重又捡起，刀刃向上地扛上了肩膀。这是他第一次接受父亲的训练，这一年他刚满九岁。

义生接受新一阶段的训练是在一个秋空阴沉的午后。那阵儿他和一个名叫蚌儿的邻居小姑娘正在玩捉迷藏的游戏，听到父亲喊他回家时他并不知道让他干啥，拉上蚌儿的手就往家里跑。进门看见父亲手里拎着一个小小的用竹片编成的笼子，笼子里有三只青色的蝈蝈，其中一只还正放开喉咙在婉转悠扬地鸣唱。义生以为父亲捉来蝈蝈是让他玩的，高兴地跑上前接过了笼子。原本站在院门口迟疑着没有进来的蚌儿，见此情形也含笑迈过了门槛。义生没料到接下来会听到父亲这样的命令：义生，把它们一个一个全都捏死！

捏死？！义生惊得往后跳了两步。

对，捏死！饶一坤冷然点头，我逮来它们就为了让你捏死它们。你长大后要干爹干的这个行当，干这个行当就必须敢于杀生！懂吗？捏死它们，最好撕掉它们的头！

我不！义生把蝈蝈笼紧紧抱在怀里。它们活得好好的，凭啥要捏死它们？

傻蛋！你这就是对活物的同情，有了这种同情，你日后就不可能去顺利地行刑，你面对一个活人就不会忍心下刀，你就挣不来钱养家糊口！

反正我不捏死它们！

听话！这是干我们这行的人必过的一关。

我不。

动手！

父亲愠怒地朝他扬起了巴掌。

义生只得打开蝈蝈笼把手伸了进去。欢叫着的蝈蝈根本不知道死期将至，声音依旧欢快热烈。义生手抖着抓住其中一只，闭上眼咬紧牙用力去捏。

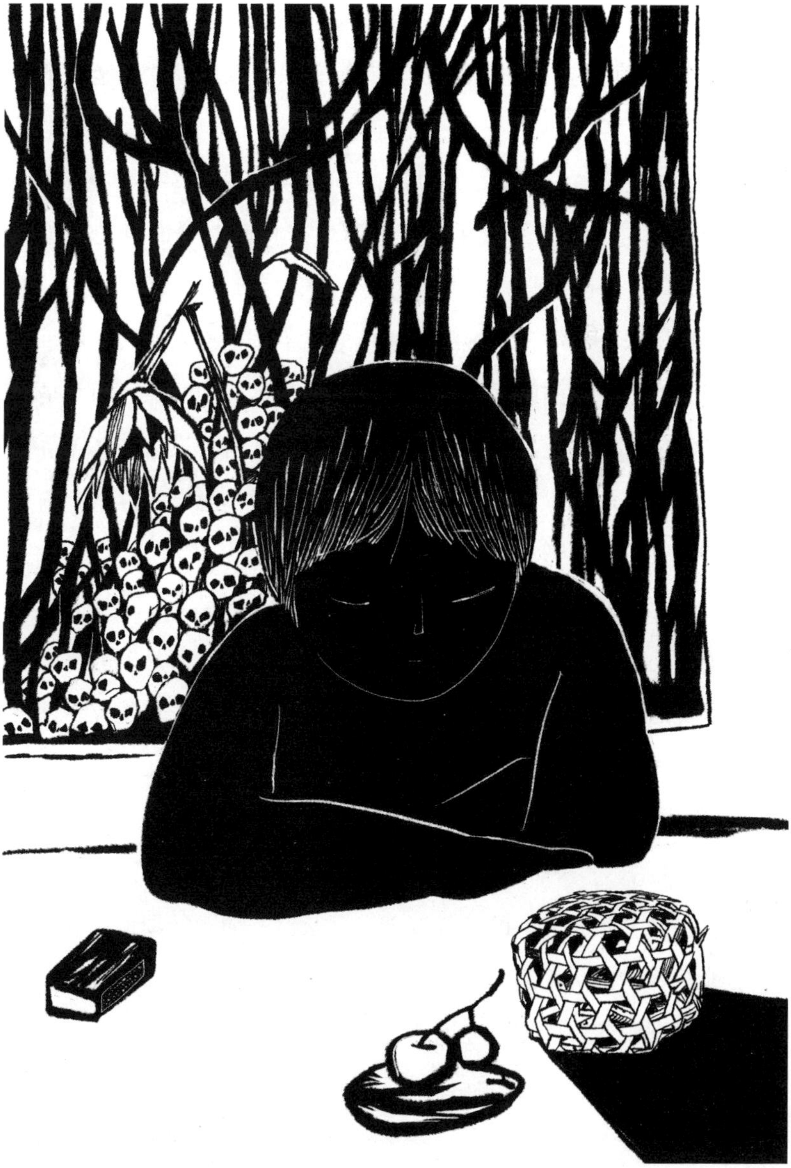

当义生满脸是汗地扔掉三具蝈蝈的尸体时，看见蚌儿双手捂脸奔出了院门。他没有喊也没有追，只是双腿发软地坐在了地上。

这之后义生又在父亲的督促下练了杀鸡、宰羊、砸狗。由于血经常沾上他的双手，他渐渐地变得面对鲜血也能不惊不悚。

接下来饶一坤又用湿泥和秫秸堆成了一个跪着的人，用手仔细地指着泥人的脖颈，告诉义生哪儿是骨头的缝隙，哪儿是喉管的位置，哪儿是动脉血管，告诉他刀从何处进，进多深可达什么要害部位。饶一坤说完又操刀示范，在泥人的脖颈上割下一条又一条刀痕。

这之后饶一坤便教儿子用刀。饶一坤告诉儿子，行刑的刽子手动手时并不像人们想象的那样举刀去砍，而是把刀紧贴在左臂后让利刃向外，在走过人犯的颈后时轻轻一弑就成。饶一坤手把手地教儿子操刀方法，并用湿泥堆成人形让他反复操练。饶义生在父亲的指挥下用那把锃亮的砍刀弑掉了无数个泥人的脖颈。

在饶义生十五岁的那年春天，父亲饶一坤开始领他上刑场实地观看。首次看刑的刑场在城东的沙河滩上，一溜五名男犯和一名女犯齐刷刷地跪在河滩里，义生看见父亲在官府的人宣读完死刑令验明正身之后，刀隐臂后缓步向人犯们走去，眨眼间便把六个人放倒在地上。看见六个脖颈上可怕的断碴和喷涌的血沫，闻着那飘荡而起的浓烈的血腥味，经过训练的义生还是没能忍住恶心而当场哇哇呕吐起来。当他吐完肚里的东西仰起带泪的脸颊时，父亲啪啪啪地打了他三个耳光。饶一坤一边骂儿子没出息一边用腰里的一块抹布去擦拭刀上的血迹。

随着实地观看行刑次数的增加，义生也慢慢做到了见惯不惊。到后来，父亲每次行完刑离开刑场，他总还要上前仔细地查看一下死者颈上的刀口，比试一下进刀的部位。他此时在刑场上的表情也渐如父亲：双眼微眯、一脸的漠然和冷峻。

饶义生经官府批准正式接替父亲做了刽子手是在他十八岁的那年冬天。那个冬天邓州地面的雪下得仿佛没有尽头，就在雪花纷扬的一个正午，在县城西郊那片被白雪铺盖的洼地里，饶义生首次执刀行刑。那天要处决的是三个杀人犯。当人犯跪在雪地上听候宣判时，饶义生脱去棉袄只穿一件短褂，开始按照父亲传下来的程序行动起来：先紧了紧腰上束的黑色宽布带，而后扯过腰上的酒葫芦喝了三口烧酒，之后把带在身上的朱砂掏出，用手指蘸上些在自己的额头和脖子上各点了一下，便嗖地抽出装在皮鞘里的砍刀，隐刀于臂后，眯缝了眼向犯人们大步走去。毕竟是第一次砍杀真人，眼见一个活生生的人顷刻间就要死在自己的刀下，他的手还是在最后一刻软了，结果三颗人头都没有利索地切下，幸亏其父饶一坤早有准备悄步在他身后保驾，眼疾手快地给三个人犯各补了一刀。行刑结束后饶一坤一脚把儿子踹倒在雪地上。你个不能成事的软蛋！饶义生立刻双手捂脸哭着说：爹，我可能不是干这个的料，让我干别的吧，我去当挑夫挣钱也行啊，为啥非要干这个不可？父亲冷冷地骂道：胡说，老子辛辛苦苦教你这么多年，力气白费了？当挑夫能挣来这么多钱？杀人与当挑夫哪个省力？杀人只要把刀一举一落就成，当挑夫百多斤的担子放在肩上，一走几十里，不累？不流汗？你老老实实给我收起别的心思，一心一意地给我把这个活干成！

在父亲彻底回绝了他干别的营生的要求之后，饶义生只有咬紧牙继续上刑场。此后每次上刑场，父亲都要把一个秘诀向他重复一次：不要把人看成一个活物，要看成一根树枝，一棵树早晚都是要死的，砍掉它的一个枝子能有什么妨碍？

饶义生把父亲教的这个秘诀记在心中，再上刑场杀人时就觉得手脖子硬了不少。树早晚都要死，砍个枝子确无妨碍。他就用砍树枝的心劲砍下了一颗又一颗人犯的脑袋。

一年以后，饶义生就完全砍顺了手，上刑场时再不用父亲到场保驾。有一次被杀的人犯一下子增加到十七名，按理要有两人同时行刑。可巧另两名刽子手一人出门在外，一人卧病在床。监刑官问义生要不要派人把他父亲饶一坤叫来帮忙，义生摇头说不用。监刑官下令行刑开始后，饶义生双眼微眯执刀过去，唰唰唰十七刀，干净利索地结束了十七个生命。监刑官见状大喜，连连夸奖他手艺不凡。那天行刑结束后，监刑官除了付规定的酬银之外，还另外赏他一双带按扣的棉靴和一件里外全新的棉袄。

到了二十二岁上，饶义生的行刑技艺已经炉火纯青，成了远近闻名的刽子手，一些死刑犯人为了死得痛快无痛苦，临刑前点名要求让饶义生行刑。威震南阳府的大枪匪范千成那年被擒遭处决时，曾以秘藏金银的一处地址换来官府的允诺：同意让饶义生为其行刑。府衙为了得到那处金银的藏址，特意用马车去邓州城把饶义生接到了府城监狱。范千成见到饶义生后，呵呵笑着说：我姓范的平生要吃就吃要喝就喝想杀就杀想干女人就干女人，可谓痛快一世，临死时用巨大的代价请了你来，就是图走得也痛快，盼你不负我范某人！言毕，才将那处藏金银的秘址告诉了狱吏。官府把千余两金银由秘藏处起回之后，方命饶义生动手。饶义生果然未负范千成之望，刀起头落不过是眨眼工夫，范千成人头落地时笑容还留在脸上。这一次行刑的经过在社会上传扬一时，使饶义生的名声越加大了起来。

饶义生的行刑技艺日渐纯熟的同时，也开始走进青春年华里最让人烦躁的路段。一个隐秘的欲望开始像蚕蛹一样每天都在他的心里拱动——渴盼和女性接触。但他干的这个行当不能不让街邻家那些年轻的姑娘心惊胆战，使得她们像信守一个协议似的大都对他不理不睬。他在苦闷中注意到，独有东邻苏家那个少时常和他玩捉迷藏游戏的蚌儿姑娘对他还算客气，见面时依旧柔柔地叫声"义生哥"。这使他很觉温暖，也生了些或许能娶蚌儿为妻的自信。他开始利用各种机会送些发卡、梳子之类的小礼物给蚌儿；蚌儿也常把一些吃食如几个粽子或热红薯悄悄递到他手上。一来二去，他感觉出蚌儿对自己有了情意，就催父亲找媒人到苏家去说亲。未料蚌儿的父母坚决地回绝了媒人的说合，了断了饶义生要结成这门亲事的热望。这使饶义生十分伤心，一连两天躺在床上不愿起来吃饭，最后饶一坤火了，走到床前怒声骂道："没出息的东西，为一个女人值得这样？天下女人多的是，只要手里有钱，还怕弄不来一个？明天爹就想法去给你买！"

饶一坤说到做到，没过几天还真从一个逃荒人家里买来了一个姑娘。那姑娘模样还颇周正，饶义生看了也暗暗喜欢。没过几天，那姑娘就和饶义生草草拜堂成了亲，新婚之夜过罢的那天早晨，当饶义生心满意足地由新房出来时，饶一坤说："咋样，这下明白了吧？人关键是要想办法挣钱，只要有了钱，想要的东西就会有。眼下咱有这个行刑挣钱的方便行当，你就该一心一意地干好它！"饶义生那刻虽没有说什么，但内心里已正式承认父亲说得正确。

自此，饶义生行刑越发认真，在他手里从未出过任何纰漏，官府对他的信任度也越加提高。到最后，凡他动手杀的人，监刑官根本不再上前检验人犯是否已经死定，总是他刀一落下，这边的监刑官就上马走人。

这年的秋天，县府里捉了五个反叛大清朝廷的人犯。据说他们的具体罪名是：主张宪政，致力共和。知县在报请府衙批准之后，决定将这五个人就地正法，行刑人自然被定为饶义生。在行刑日到达的前一天夜里，突然有一对男女敲响了饶家的屋门。那对男女对饶家父子含泪述说：明天要杀的五个人均系正直之士，他们反叛朝廷的目的其实是想为国民谋福。眼下只有你们还能救他们一命，恳请你们千万刀下留下生路……

所谓刀下留下生路，其实就是让饶义生动手时不要真下绝手，而是刀致喉管和动脉处悄然躲开，而只割一个看似吓人的刀口，让血喷涌出来，造成一个人已死定的假象。待监刑官走后，再在收尸时设法止血抢救。这话饶家父子一听就明白，饶义生要做这事凭他的刀法也完全能做成功。但他许久没有应声，他在冷冷地等待，等待他们说出下文。

……我们已经暗中找好了几个手艺很高的治红伤的大夫，我们明天会拉一辆收尸的马车到刑场附近，马车上边用苇席遮住。待你行刑完毕监刑官走了之后，这些大夫会同时跑上去以收尸为借口把那几个人抱上马车止血抢救。我们知道监刑官通常不再检验你杀的人是否已经死定，这会给我们挤出宝贵的时间，也不会给你带来麻烦。倘若成功，我们会永远铭记你的恩德，你们也算为国为民做了一件好事！

就这些？饶义生淡淡地问那一对男女。

是的。那对男女同时点头，我们会永远感激你！

走吧，你们。

你答应了？

明天看情况吧。

那对男女以为饶义生这是已经默允,就又千恩万谢地出了门。待他们出门走后,一直半闭了眼坐那儿抽烟的饶一坤慢条斯理地问:真干?

他们没说价钱。

不预先说定价钱的事能干?

我想睡了。

单为了得几句感谢可划不来,万一事情败露,以后可去哪里挣钱……

我要睡了。

片刻之后,新房里就传来了饶义生平稳而嘹亮的鼾声。

翌日的刑场不远处果然停着一辆收尸的带篷马车,执刀的饶义生清楚地看见那对男女满怀希望地出现在车旁。他们的附近有几个刑场看客也神色不宁,饶义生猜他们大概就是被请来准备抢救人犯的外科大夫。

那天行刑的过程一如往常,饶义生砍倒五个人犯之后,监刑官看也没看上马就走。这边收尸的人们以为一切照计谋进行,疾跑过来借收尸之名想迅速抢救伤者,但跑近一看,五颗人头差不多都已离了脖颈,根本没有再救的可能。那对男女在短暂的惊愕过后立刻大放悲声,饶义生就在那痛切的哭声中从容不迫地骑上了那匹官府特为他配备的灰色骡子,悠然地踏上了归程。

来年的春天邓州城出了一桩带点粉色的凶杀案件，被捉的凶手是一个美丽的少妇，官府指控她杀了本县知县的侄儿。这少妇不是别人，正是饶义生少时的玩伴——邻居苏家的姑娘蚌儿。生性柔弱为人贤淑的蚌儿之所以忽然之间成了"凶手"，根由在于她新婚不久的丈夫。她的丈夫倒也是个读书识礼之人，婚后对蚌儿百般关爱。这小伙唯一的毛病是想进入仕途，因此便常去结交些和官府有瓜葛的人，知县的侄儿便是在这种情况下被他极亲热地引进了自家屋里。知县的侄儿头一次进屋就把夹带着意外和惊喜的目光投到了蚌儿身上。边炒菜边温酒的蚌儿以女性的直觉立刻看出这人不是地道的朋友，曾委婉地劝说丈夫不要再和他交往下去。可丈夫正一心指望由此人做桥攀附知县，哪肯听蚌儿的？于是接下来便有事情发生。知县的侄儿先是找机会在言语上对蚌儿百般挑逗，后见蚌儿佯装不懂对他不理不睬，才决定采取强硬手段。在一个细雨飘洒的黄昏，他趁蚌儿的丈夫正同自己的知县叔叔在县衙的后堂谈棋论画的当儿，熟门熟路地踅进了蚌儿的卧房。他是早做好了今日一定要把事情做成的打算，所以一进门就抱住了蚌儿手脚并用起来。蚌儿是那种视贞节比性命还重要的女人，哪里肯依？于是一场搏斗便在不大的空间里展开。搏斗的结果当然是以蚌儿的失败而告结束：蚌儿的嘴里被塞了布团，双手被反剪在背后，浑身的衣服被剥了个精光，赤条条被扔在了床上。接下来胜利者便开始忙碌着占领，忙完一遍意犹未尽，心想这样强迫着做终不如放松着做有味，就对蚌儿说：我松开你的手，抽出你嘴里的布，你配合着让我再高兴一回，我从此就再不来烦你！蚌儿紧闭了眼不吭也不动，知县的侄儿以为这就是默许，于是就依诺而行解除了对蚌儿的强制措施。正当他满心欢喜地起身要重做第二遍的时候，蚌儿突然抓起床头的铜烛台向他的脑袋砸去，知县的侄儿注意力正集中在蚌儿身上，根本没想到蚌儿会有这举动，惊得急忙躲闪，慌乱中头顶刚好碰上了床头的柜子尖角，只听他哼了一声，身子随即便软在了床帮上，一股白色的脑浆缓缓地向床上流淌。邻居们闻声赶来时，吓呆了的蚌儿还赤条条地坐在死尸一旁。这桩凶杀案的真情通过邻居们的口口相传使得满城人都一清二楚，人们的同情当然都在蚌儿一边，不少人还联络起来到县衙门口跪请知县明断是非，但判处蚌儿死刑的命令最终还是由官府下达了。这个判决惹得人们群情激愤。行刑的那天，原定的一个姓常的刽子手愤而拒绝行刑。行刑人愤而罢工，这在过去还没有过，官府在慌急中找到了饶义生，饶义生开口只问了两个字：价钱？

酬加一倍。来人应道。

一倍不干！饶义生照样悠然吸烟。这原本不是我分内的活。

那就两倍！来人急忙又添。

去吧，义生，一刀三份钱，值得干了！饶一坤这时在一旁催促。

三倍！饶义生身子动也没动，只让价码从牙缝里晃出来。

好吧。来人只好退让。

饶义生于是提刀出门，径向刑场走去。被绑缚的蚌儿看见是熟悉的义生向自己走来，忙满怀希望地高呼，义生哥，我冤枉啊——饶义生只微闭了眼平静地走近，蚌儿话未喊完，饶义生的刀已落下，可怜蚌儿那纤美的颈项，眨眼间便如被风吹折的柳枝一样齐刷刷断了。

饶义生的钱财就这样在不断增加，绑在裤带上的钱袋在持续而缓慢地膨胀。

有了钱，饶义生自然要做些有钱人常做的事：喝酒、嫖娼。

饶义生喝酒并不去酒馆里喝，而是买了酒拎到家里，让老婆炒了菜，独自一人喝。喝时，还要把那把行刑的砍刀横放到腿上，边摩挲着刀边喝，常常是手摩挲一遍刀，口进去一杯酒，有点饮酒思刀的味儿。饶义生嫖娼是到窑子里嫖，通常是四天去一回，很准时很规律。逢了他去的日子，窑子里的鸨母会预先挑一个模样好些的姑娘给他留下让他尽兴。他逛窑子的事他的女人起初并不知道，后来渐渐听到了风声。那已怀孕的女人虽然平日对他百依百顺，但对这种事终难容忍，于是便在一个他由窑子里尽兴而返的清晨，开始哭闹着表示抗议。饶义生忙了一夜那阵子正想倒头酣睡，女人这一闹不由得使他心头火起，于是伸手扯过女人就打，他平日杀惯了人，对人的肉体早不存痛惜之心，所以下手也就没有轻重，只几拳头，便把那女人打得双手捂腹凄厉号哭，而且双腿间已有鲜血流出。通常打架的人一见鲜血，发热的头脑都会骤然冷却下来；可饶义生却恰恰相反，看见了鲜血才有一种事情终于做成的快感，才有一种放心了的感觉。看见妻子双腿间的鲜血越流越多，他满意地哼了一声，仰头向床上一躺便阖眼睡去。他的父亲饶一坤闻声从后院赶来时，儿媳正脸色煞白地仰卧在血泊中。老人一时恼极，上前拎一根木棍便向儿子身上打去，边打边骂，你个畜生，你竟敢把她打成这样?!你还是不是人啦？饶义生被父亲打醒已经十分窝火，这会儿听骂他畜生，顿时火冒三丈，便瞪大了眼咬了牙问：我打我的老婆，干你屁事？饶一坤听到儿子这样出口不恭，也越发恼怒，高了声吼：你竟敢这样同你爹说话，你个不懂长幼的东西！饶义生也冷冷叫道：什么长幼不长幼？我只知道人有死活之分！走开，别惹我生气！饶一坤闻言更是气得浑身哆嗦，扬起木棍便向儿子打去，边打边叫：我打死你个畜生！饶义生只挨了父亲一棍，当父亲第二次把木棍抡来时，他顺手一扯就把木棍抓到了手中，啪啪啪折断后又扔回了父亲身上。

　　——你敢打我？饶一坤暴怒地原地转了一圈想找武器，后来看见了挂在墙上的那把行刑大刀，边伸手去拿边发了狠叫：老子今天非杀了你这个逆种不可！但他这个恫吓儿子的动作晚了一步，饶义生见父亲要去拿刀，本能地先伸手抓过了刀柄。

刀刃在饶一坤面前雪亮地一闪。

咋？想杀了你爹？你个杂种！

那你抓刀干啥？饶义生冷眼瞪住父亲。

有种的你就砍吧，照你爹的脖颈上砍！砍呀，你个王八羔子！

饶义生眯了眼盯住父亲在狂怒中伸过来的脖颈。

你手软了？你个从树枝上蹦下来的野东西，敢动手打你爹了！砍呀，砍了你爹的头让别人看看你的胆量，看看我养了个什么东西，砍呀，你砍哪……

饶义生握刀的手一动，手背上的青筋像爬行的蛇一样一弓。饶一坤在看到儿子手背上的青筋一弓的一瞬间脑子里骤然间清醒了，他知道这个动作意味着什么，他本能地想把伸到儿子胸前的头缩回来，但是晚了，他只感到有一股凉风从耳畔掠过，随后就觉出脖子里一热，他能来得及做的只是把一个无限的惊诧浮现在脸上。当他的头颅像西瓜一样滚落在地的时候，脸上的那点惊诧才刚刚喘息着在两个颊上站定。

太阳像往常一样夹带着大团血红的色彩跃上东天，饶义生也像往日行刑过后那样，用一块抹布缓慢而平静地擦拭着砍刀上的鲜血。晨风如往常一样又轻柔地滑过饶家的房脊，几只鸟在树上依旧叫得婉转清丽，只有饶家的那只狗，在大团浓烈的血腥味的逼迫下，不停地吠着……

现代生活

俺和尹姐认识很偶然。

俺是去年坐月子满月不久，和俺豆他爹一块儿来省城打工的。俺们村有好多户都翻修了房子，豆他爹也想出来挣点钱，好回去盖几间新房。俺豆他爹会木工，到了省城后在德正街一个小家具厂给人家帮忙打家具；我呢，除了洗衣、做饭、种地之外啥都不会，再加上抱着个吃奶的豆豆，找个事做可不容易。后来东找西找，总算在天元玉器店找了一个卖货的事做。这家玉器店的老板是俺南阳镇平人，他听说俺也是南阳人，就愿意让俺这个同乡给他帮忙，每月给开三百块工钱。这个店不大，就两个卖货的，一个是老板的妹妹，一个是俺。平日俺能抱着豆豆到店里上班，有顾客时，我把豆豆放到座椅里；没顾客时，我就把豆豆抱到怀里。

那天店里一时无顾客，加上豆豆又饿了，我就解开怀给豆豆喂奶。正喂着，就见一个长得好年轻好耐看的女子进店来了。她说她要买玉镯，因为豆豆正噙着奶头吃得高兴，我就没有把奶头从豆豆的口中拔下，一手抱着豆豆一手去柜台里把几种玉镯拿出来让她挑选。她没有低头去挑玉镯，而是直了眼在看我的怀里，俺起初以为是俺的上衣撩得太高让她看着觉得不得体，后来才弄清她是在看俺豆豆吃奶。她说：你的奶水好足呀！俺笑了笑答：这倒是，豆豆这孩子虽是能吃，但一次也至多是吃空一边的奶子，害得我常要把另一边奶子的奶水挤到地上扔了；俺的奶常常要惊，一惊奶水就会自动流出来，把胸口的衣裳都淌得精湿。俺让她看看俺胸衣上被奶水洇湿的地方，她伸手捏捏俺的奶子问：你是这儿的老板娘还是在这儿打工的？俺说是打工的。她就又问：老板一月给你多少钱？我说：三百。她就再问：要是我一月给你九百块又管吃管住，你愿不愿到我那儿干活？我当时一喜：老天，一月九百块？这可是俺从来没听说过的数目！还有这样的好事？俺就忙问她是干啥活。她说：就是给我的孩子喂奶，用你的奶水。我一听是干这个，立刻满口答应：行。她说她的孩子才两个月大，如果答应给她的孩子喂奶，就要住到她的家里，而且俺不能带上豆豆。我一听这条件，又有些犹豫。她跟着又说：你可以把你的孩子送回老家让他的爷爷奶奶或姥爷姥姥照管，我再每月给你加四百块钱供你给孩子买牛奶或奶粉吃。我一时决断不下，干吧，有点舍不得让豆豆这么小就断奶离开我的身边；不干吧，这笔钱又真是让人心动。一月一千三的收入,顶俺种四亩地一季子的收成哩!俺当时没有立刻答应,说晚上和孩子的爹商量商量再说。她给我留下了一个电话号码,说想通了给她打电话。我就是那阵子才知道她姓尹的。

俺当晚回到俺们租的那间小屋时,把这事给豆他爹说了。豆他爹刚听完就欢喜地叫:干,为啥不干?!这样的好事摊到头上不干才是傻瓜哩!我说真要去干豆豆就不能吃我的奶了。豆他爹说:让豆豆喝牛奶更好!你没见多少城里的孩子都吃的是牛奶?!咱乡下的孩子想吃牛奶还吃不到哩,这也算让咱豆豆过上了正经的城市生活!俺想想也是,在俺们村里,只要听说哪家的孩子喝上牛奶了,都艳羡得不得了,如今这倒是把福气送上门了。

第二天,俺照豆他爹的交代,给那位尹太太打了电话,告诉她俺愿意去给她的孩子喂奶。尹太太在电话里说:你在玉器店里等着,两小时后有一辆车去接你。俺有些意外:还用汽车来接?俺把去给尹太太孩子喂奶的事给玉器店的老板讲明了,老板点点头说:也好,既然有挣大钱的地方,你就去吧,人总是要攀高枝的嘛!

那天来接俺的是一辆黑亮黑亮的轿车,那是俺平生第一次坐轿车。俺以为车是要把俺拉到尹太太家里的,谁料一下子把俺拉到了一所医院里,下车看见尹太太站在医院门口,我问尹太太到医院干啥,尹太太说:给你检查一下身体。我当时有些发愣：俺身子好好的为啥要检查身体？尹太太没再解释，拉上俺去了化验室，抽了血；随后又拉我去了妇科，让一个女大夫查看了俺的下身。俺有点被弄糊涂了：给孩子喂奶查俺的下身干啥？等检查结果出来尹太太才给我说明白：你身体很健康，没有任何疾病！俺这才晓得她是怕俺有病。

我去她家给孩子喂奶时才知道，她家住在一栋高楼里，那栋高楼设计得好洋气，阳台的栏杆都铮明耀眼；电梯是高速的，说是从美国进口的；只是楼顶是咱中国式的，有脊有檐，上边覆着琉璃瓦，日头照上去，闪着金光。整个楼看上去又洋又土，土中有洋，洋中有土。她家住一套四室两厅的房子，那套房子装修得可真叫漂亮，我还是头一回看见那么漂亮干净的住房。屋里的所有东西好像都能照见人影，都是锃光瓦亮的。她家人不多，她男人像是不在本城做事，隔些天才来住一次，家里就她和孩子外加一个小保姆。我头一次进屋时尹太太对我说：我这儿过的是现代生活，你可能需要过一段日子才能适应，有什么电器不会用，可以问问小保姆。她的儿子起名叫灿灿，长得周正喜人，也是个大肚汉，特能吃，噙住我的奶头可就不丢了，咕咚咕咚一气吃了个饱。尹太太不让俺叫她尹太太，要俺称她"尹姐"，说这样亲切些。她安排我睡在她隔壁的房间里，夜里让我带着灿灿睡。我也愿意带着灿灿睡，因为猛一下把豆豆送回老家后，夜里怀中空着也总是睡不安生，有灿灿噙着奶头睡到我怀里，我睡得才香。

尹姐这人心眼挺好，对我很不错，尤其是对我的吃食，特别细心安排。她给我规定，早上要喝一碗由青小豆、小麦和中药通草熬的青小豆粥，吃一条白汤鲫鱼；中午要吃一小盘杏仁豆腐和半个用淡菜炖的猪蹄；晚上要喝豌豆粥，吃两只炒鸡翅膀。她说这些东西都是下奶通奶的，吃了奶汁又多又稠。俺还从来没吃过这么好的东西，心想老天爷八成是见俺过去整日在农村吃苦，可怜俺，才给了俺这个过现代生活的机会。尹姐让我吃得这样讲究，可把那个小保姆累坏了，又给我熬汤又给尹姐做饭，累得她没有歇息的时间。这样的饭食吃过几天后，我能感觉出我的奶水不仅量更大了，而且更黏更稠了。那天，尹姐特意让我把奶水往她拿的一个杯子里挤了点，而后拿了出去，中午回来欢喜地告诉我说：经化验，你的奶水里各种营养物质的含量都很丰富，这对灿灿的生长发育会起很好的作用。

没想到这样的好饭食我也有吃够的时候。一个月下来，我就开始对这些饭食腻味了，尤其是那种白汤鲫鱼，为了保证下奶的效果，尹姐不让在汤里边放盐，时间长了实在让人难以下咽。俺有时候提出不想吃，尹姐就不高兴，就把眼一瞪说：为了灿灿，你要咬着牙吃！俺这时才明白，尹姐让我吃这么好，其实是为了她的儿子，并不是心疼俺。

尹姐对她的儿子，那真是爱得出奇。只要灿灿哭一声，她必要跑过来看一遍。每天都要跑过来亲吻多少回。只要上一趟街，必定要给灿灿买一堆东西，有些玩具根本不是灿灿这样小的孩子玩的，她也买；有些衣服大得灿灿根本穿不成，她还买。才两三个月大的孩子，光玩具就堆了半间屋子。有时看着那些玩具，我就想起了俺豆豆，俺豆豆长这么大，才只有他爹给他动手做的一样玩具：一个用木头雕刻的大公鸡。

我进尹姐家住了一段日子之后，才发现尹姐的男人有些怪，不仅平日在家住的日子少，而且每次来也都是在夜间进家，进了家就不再出门，有时连饭都是让小保姆送进卧房里吃。我注意到那男人的面相显老，年龄要比尹姐大不少，尹姐也就二十八九岁的样子，而那男的像有五十多岁。她男的对灿灿也很喜欢，每次他回来后，尹姐总叫我把灿灿抱过去让他看，那当爹的接过灿灿也是亲个没完，有时还用嘴嚼住灿灿的小鸡鸡亲，边亲边叫：我的接班人！我的总经理！我的好儿子！我的小宝贝！弄得我都有些脸红。尹姐叫我称她男人"先生"。

尹姐平日难得一笑，年轻轻的人，脸却总是冷着，让人看了有点害怕。只有在她先生回来那两天，我和小保姆才能看见她的笑脸，才能从卧室的门缝里听到她发出的笑声，但那些笑声都很短促，而且不像俺乡下年轻女人们的笑声，一点也不脆生，好像是用了力才笑出来的。

尹姐平时并不上班，她好像从来不愁钱的事，也没有人来催她去上班。她早上倒是起得早，起床之后就在阳台上放着的一个健身器上跑步和做各种动作。她家的阳台很大，上边放有一个很高的健身器，尹姐可以在上边跑、跳、转、翻、拉，常常弄得满身是汗。我有时就忍不住劝她：又没有人逼你，你何苦要受这份罪？！她听了难得一笑，说：你不懂，这叫健身，是女人防止身子臃肿变形保持柔韧纤美的途径。我听不太懂，只觉得她这是自找罪受，有点傻。她晌响要做的事情是去街上一家靓女美容店里做美容，躺在美容店的一张一头翘着的床上，让一位穿白大褂的姑娘往她脸上涂抹各种白乎乎的东西。有一回我抱着灿灿去喊她回来见客，她脸上抹着白乎乎的东西猛从美容床上坐起身，把灿灿吓得哇一声哭了。她晌午饭后通常要睡一觉，她睡觉的时候不允许别人打搅，外边来的电话，除了是她先生的外，其余一律不能叫醒她。她告诉我，充足的睡眠是保护身体养护面部皮肤的重要条件。她午睡起床后，通常要去逛商场，叫小保姆陪着她去，天黑之前她回来时，身后的小保姆总能拎回一兜子东西，或是穿的或是用的或是吃的。晚饭后她大都在家一边看电视一边打电话，她打的电话时间都很长，有时一个电话说下来长达两顿饭的时辰。

也许是她平日常做美容的缘故，她二十八九岁的人看起来只像二十三四岁。有天晚上她洗完澡在卫生间里照镜子，一边照一边喊我过去，说：你看我这身子像不像一个二十岁的黄花姑娘？我笑了，说：像，你的小肚子还很扁平，屁股也不虚凸着。她听罢很高兴，叮嘱我说：记住，脸蛋和身子入眼是女人的本钱，没有这，日子就麻烦了。我看见她的奶子也很大，很适宜喂孩子，就问她：你的奶子这样大，为啥不亲自喂灿灿吃奶，反要花钱雇我来喂？她说，她怕亲自喂孩子日后两个奶子会耷拉下来，不能像现在这样挺挺着。我听罢在心里嘀咕：你活得可是真仔细，连奶子耷拉不耷拉都想到了。

平心而论，尹姐对我不错，平时常把她不再喜欢穿的衣服给我，那些衣服大都是崭新的。有时，也把她不再喜欢用的化妆品给我和小保姆用，我不大喜欢化妆，至多是用一点润肤油擦擦脸罢了，那些东西我都交给了小保姆，小保姆常常把嘴唇抹得血红血红。

俺在她家住一段日子，自然就有些想俺豆他爹，豆他爹也想俺，打电话催俺回他租的房子看看他。我向尹姐请假，尹姐有些不愿意，说：快去快回。我当时想，再怎么快，我也要在家住一夜呀。我到家时，天已经黑了，我和豆他爹草草吃点饭，就脱衣上床打算亲热，没想到衣服刚脱下，门就敲响了，跟着门外响起了尹姐的声音：回吧，灿灿在家直哭着要吃奶哩！我愣住了，豆他爹也不满地嘟囔：这样急？都不让人家两口子亲热一夜了？我看着豆他爹不想让我走的样子，就低了声说：你要不乐意俺就把这活辞了。豆他爹想了想，说：还是挣钱盖房子要紧，你去吧！他帮着俺穿好衣裳，俺拉开门，一脸不高兴地跟着尹姐走了。在往回走的路上，尹姐还问：你们办没办？我没听明白她的话意，回问她：办啥？她说：办那事！我这才明白她是指两口子亲热的事，就气哼哼地说：哪有时间办?! 她听罢笑了一声，说：好！为她这句"好"，我差一点跟她吵起来。

有一天头晌，尹姐出去美容，小保姆出去买菜，刚好俺豆他爹来电话，说他想俺。俺也确实想他，就在电话上让他快来见见面。他来了以后，俺俩在俺住的那个房间里亲热了一回。没想到豆他爹要走时，尹姐刚好回来了。她阴沉着脸看着俺豆他爹下楼，也没说留他吃晌午饭的话。豆他爹刚下楼走开，她就进我屋里问：你俩办了那事吧？我不会说谎，只好红着脸点点头。她叹一口气，说：明天你还得随我去检查一下身体。我问：检查身体干啥？她说：万一你丈夫身上有病，在你俩亲热时传染给了你，你给灿灿喂奶时就会再传染给他，为了我的儿子，你得再去检查一次。我争辩说俺豆他爹身子强壮，一点病也没有。她说：不怕一万就怕万一，如今城里男人可是乱来的多，那天晚上你刚回去我又把你叫回来，怕的也是这个！我这才明白她的心思，明白之后一方面有些生气，一方面又在心里感叹她为她的儿子的安全想得可真是周密。

第二天去医院化验检查了一遍，证明我仍和过去一样健康没带什么传染性病菌。尹姐就从手袋里掏了二百块钱递到我手上说：真抱歉，又让你抽一次血。我当时说：你对你儿子可真是一百个小心！她说：儿子是我的命根子，有了他，哪个女人也休想斗过我！我当时一怔，问她：还有女人与你斗？她的脸立刻一沉，说：好了，给灿灿喂奶去吧！

天气转凉的那段日子，尹姐突然神情紧张地告诉我和小保姆：最好不要出门；必须出门时也不要说是尹家雇的人；不论是谁问你们我是不是住在这里，你们都摇头说不知道。她那些天也很少再出门去美容和买衣服。我不知出了啥事情，心里有些害怕。她男人那段日子也很少来，偶尔来一回，也总是在半夜时分到，天亮前就走。

这段日子过去之后，尹姐恢复了原先的生活习惯。有天她外出逛商场回来，满脸怒气，进屋就把手袋和买的东西啪一声扔到了地上。我和小保姆以为她在商场买东西时受了售货小姐的气，也没在意，估计过一阵就好了。不料她这场怒气持续的时间很长，中午饭也没吃，把自己一直关在卧室里。半下午的时候，她眼睛红肿地打开卧室门出来，递给我两千块钱，要我立刻去商店去给她买一个望远镜回来。我听了有些惊奇，望远镜这东西好像不是女人玩的，我只见过当兵的背这玩意，没见过年轻女人也喜欢这个，就问：买望远镜干啥？她怒气冲冲地说：侦察！我一定要把小贼……她说到这儿不说了，只朝我挥挥手说：快去买吧，要放大倍数大的！

我按她嘱咐去商店给她买了一个望远镜，她晚饭后就背着望远镜出去了，直到半夜时分才回来。一连几天，她都是这样。这期间，她先生也一次没来。十来天之后的一个晚上，她回来时满脸泪水，进屋就骂了一句：狗！都是狗！

她先生来的次数越来越少了。有一个晚上，她先生来后，尹姐把卧室门关得紧紧的不见他，我以为她睡着了，就反复敲着门告诉她先生来了，但她到底也没把门打开。先生在卧室门前站了许久，最后对我和小保姆尴尬地笑笑，走进我和灿灿住的房间，亲了几下灿灿，就走了。第二天，我听见尹姐对着电话说：你去找那些年轻的嘛，来我这儿干啥？……

这件事过去，我和小保姆都以为先生肯定要生气，不想第三天傍晚先生就又来了，而且来时给尹姐带了不少礼物，进屋脸上还赔着笑脸。先生过了夜走后，尹姐骄傲地对我和小保姆说：只要有灿灿在，他敢不来？除了灿灿，他可是只有……说到这儿她又不说了。

日子又渐渐恢复到先前的样子，尹姐也不再拿望远镜出去了，只是常常坐在那里发呆。

有天后响，尹姐在呆坐了一阵后，突然来到我身边说：要小心别人害我的儿子！我一怔，问她：谁会害你的儿子？她说：这你别问，反正要小心！

从这天开始，对喂给灿灿喝的果汁，她都要仔细审视检查，看是不是被人放了毒。我说：果汁放在咱家里，谁会投毒？她皱了眉说：他们知道我经常从那个食品店里买果汁，万一在我去买之前就放了毒呢？后来，对小保姆从市场上买回来的蔬菜，她也有些不放心了，指使她洗了一遍又一遍。那天，来家收水电费的那个小伙子对灿灿多看了两眼，她也紧张地对我说：小心他，兴许他是他们派来的人！我和小保姆都被她逗笑了。到后来，她对我也有些不放心了，每次我解怀给灿灿喂奶时，她都要拿个酒精棉球过来擦擦我的奶头，说要消消毒。

我被她弄得有些烦了。

有个晚上，灿灿吃了奶正在我的怀里又笑又跳的，我却听见她在电话里对她的先生说灿灿病了。我当时有些吃惊地看着她问：灿灿明明好好的，你为啥要咒他有病？她说：你别管，我这是为了调动他爸爸！待会儿他爸爸来了，你就说灿灿刚吃了药睡下，不能叫醒。我不明所以地看定她的眼睛，她的眼里有一种奇怪的笑容。

先生那晚上来后，我照尹姐说的去做，没有开门让他来看灿灿。

再后来，待先生来后，如果尹姐看见先生在客厅里情绪很好有说有笑，她就会走到我身边，猛把我的奶头从灿灿口中拔出，不让他吃了，结果惹得灿灿哇一声哭起来。而一当看见先生慌慌地跑到我身边，心疼地去抚摸灿灿时，尹姐的眼里就又会闪出一种古怪的笑意。

我有点弄不明白尹姐为啥这样做。

又过了些日子，我因为俺豆豆有病，就把在尹姐家的那份工作辞了。俺想弄明白的是，你们让俺说这些是为了什么？总不会是尹姐家出了啥子事吧？……

圆月高悬

皇上预先就做了交代，船队抵达武城后，原本在船上的人员一律不准上岸，所有人都宿在自己所在的船上，以免频繁扰民。

我记得很清，那天晚膳用罢把碗盘撤下去的时候，月亮已升起来了。大概是南巡船队的动静太大，连武城的月亮都知道是皇上来了，因而也摆起了奉迎之态，让自己变得又大又亮媚态十足。可能是连日阴天加上这个晚上月光太亮的缘故，一时间，南巡船队各个船上的人都出了船舱站到船头上看月亮，一些宫女因为高兴，忍不住把笑声抛洒到了运河的水面上。我看了眼皇上，见他也正面露笑意地漱口擦面，知道他的心情也好，就不再为那些笑出声儿的宫女担心——他平日可是最见不得宫女放声大笑，他喜欢的是笑不露齿。他曾再三说过：一个女人，要是当众浪笑，那会让我反胃……

皇上起身往中舱走时，我趋前报告：明儿午后进德州城的准备都已全部做好。他点点头说：你来一下。我于是随他进了中舱，这会儿忻贵妃和她的一帮侍女都在船头看月亮，中舱没有别人。我以为皇上要细问明天的行程安排，刚想开口说明，未料他突然问道：便服带了几套？

五套，一套私塾先生的，一套马车车夫的，一套庄稼人的，一套串村小贩的，还有一套是富商的。我赶忙说明，不知他这会儿忽然问这个干什么。

把那套庄稼人的拿来。

我不敢怠慢，赶紧把便服从箱子里拿出来，侍候皇上穿上。看来，他今晚是想微服出访了。

你也赶紧换上便服！他一边到镜前打量自己一边对我说。我答：好。之后忙又问，侍卫们去几个？我好通知他们也换衣服。

一个不去。

那不好吧？万一遇上个意外……

你怎么这样啰唆？告诉御前侍卫们，就说我今晚要读书，谁也不许进来打扰！

官员们谁陪着去？

不用谁陪，只要有人陪，就可能把我私访的消息走漏到地方上，弄得我看不到真相。

我不敢再多话，快步回到前舱我的住处换了一套庄稼人的衣服，再对站在前舱值守的御前侍卫们做了交代。重来到中舱时，皇上示意我拉开位于中舱和后舱之间的暗舱小门，然后随我进入暗舱，并由此暗舱钻进了停在御船旁边的另一条船上——自打出京南巡以来，尽管对皇上所在御船的警卫做了里三层外三层的布置，可我还是不放心，为防万一，在征得皇上的同意后，我又做了这样的安排，毕竟不是在皇宫，小心些好。

辅船上安排有四名便衣侍卫，给他们的任务是，一旦皇上和我出现在这条船上，他们二话不说，立刻悄无声息地把船向船队的后部划开，以脱离险境。果然，四名便衣侍卫一见皇上和我到了船上，一声不出，迅速地将船向船队后部划去。没有人注意到这只小船的离开，偶尔有其他船上的侍卫们看见，见这小船船头挂着一个写有"巡"字的灯笼，便以为这是一只船队的巡查船，不再查问，直到我们来到船队的尾部。

船队的灯光已照不到我们了。皇上示意停船，让我扶他上岸。我低声对四个侍卫交代：你们就守在这儿，直到我们回来！

来到岸上，皇上看了一眼天上的月亮，长舒了一口气说：终于摆脱束缚了。

我看了一眼远处船队里无数的灯笼，心却不由得抽紧了，现在，皇上脱离了重重保护，一旦出事，可全得由我来承担了！

小五，咱们去武城的大街上随便走走看看。皇上兴致勃勃地径向滨河街走去。我跟在后边，看着他的背影，忽然觉得民间那句"人靠衣裳马靠鞍"的说法真有道理，这会儿弘历没有了皇帝正装的打扮，看上去和一个四十来岁的农民真的没有什么两样。

记住，待会儿到了街上要叫我三哥。他回过头来压低了声音对我交代。

三哥，你今晚出来究竟想干点啥？我好安排。我也压低了声音问，我得弄清他的心愿。你猜猜。他笑笑。这会儿，他不再像一个一言九鼎的皇帝，倒真有点像我远在河北清河乡下的哥哥了。

女人？作为他最贴身的内府官员，他在男女的事情上从不避我，我也因此知道他对女人的全部喜好。这次南巡他虽然带了皇后和几个妃子，可我明白他和她们在一起并不开心，他不止一次地给我说过，他更喜欢那些开朗有趣心地单纯没有经宫中生活熏染过的姑娘，而且他特别在意女人的臀部大小，他喜欢饱满的。

怎么又想到那儿了？是不是你想女人了？他瞪了我一眼，倒没有生气。

主子又拿俺开心了！你明明知道俺是净过身的，偏来刺激俺。

好了好了，委屈你了。他笑着。小五，实话告诉你，我今晚出来，就是想看看这个地方百姓们的真实生活。白天，武城和德州的官员都告诉我说，眼下山东地面上，百姓们全都能安居乐业，吃穿不愁，人们聚会时经常自发地称颂本朝的德政，这让我很高兴。你算一算，我二十五岁登上大位，到今年已经是第十六年了，这十六年间，我为了大清基业，为了实现先皇遗训，不敢稍有懈怠，可谓呕心沥血，如今总算有了个好结果，我心里也敢舒一口气了。咱们今晚到这武城的街市上走走，看看百姓们平安富裕的生活情景，听听他们的肺腑之言，让我也为自己的治国之绩骄傲骄傲。

听他这样说，我一颗悬着的心也就放下了，看来就是随便走走，没有啥棘手的事需要我安排处理。假若要是找姑娘玩的话，我的麻烦事可就多了，先要物色合他心意的，然后得找一个安全的地方，还要弄清对方有没有脏病传染，嗨，那可要伤透脑筋了。好，只是走走看看好，省我的心。再说，这儿离庞大的南巡船队也不远，不至于会出啥意外的事情。

小五，我问你，你说咱们的大清王朝还能持续多少年？他忽然回头压低了声音问。

我心中一惊，扑通一声朝他跪下说：皇上，你吓死我了，小的怎懂这样的事情？

他四顾了一下，小声喝道：快起来，你这样一跪，要让别人看见，岂不把我们的身份暴露了？

可我咋能懂这样的大事情？我一边起身一边小心地看着

他。他为何要这样问我？

上月十七日黄昏，你不是在和人讨论王朝的存续时间吗？

我的心猛地提到了嗓子眼，吓得急忙又跪了下去：我们那只是在瞎说，怎么可能当真……

看把你吓成了啥样子，快起来！他又一次朝我低声喝道。

我一边起身一边回想那个黄昏与太后身边的陈山议论王朝存续时间的情景，是哪个杂种偷听了我们的谈话并密报给了皇上，这不是想要我俩的命吗？这只狗！

你以为我不知道你有时间就在看书？能看书的人自然会想诸如此类的问题，这没有什么，我不怪罪。

我又吃了一惊，我以为我平日偷偷摸摸地看点书无人知道，原来皇上知道得清清楚楚，一定是内府里出了奸细，能把我的情况随时密报上去，我的身子不由得一抖。皇上，我只是看见书觉得新奇，随便翻翻，啥也没有看懂。

你不想给我说真话是吧？你反复读《资治通鉴》也是随便翻翻？尽管内庭有不准宦官读书的规矩，但我觉得像你这样与我朝夕相处的，读点书也没有坏处，要不然你啥也不懂怎能同我对话？

谢谢皇上宽容小的，小的幼时在家识字后，就有爱读书的喜好，后来净身进宫，这个喜好一直没有丢下，所以见到书就想读，你让我替你保存那套《资治通鉴》，我一看见书的封面心里就痒痒，就偷偷读了起来，其实，我真的读不懂。

你没读懂就同人讨论起王朝的存续时间了，要读懂了那还得了？说吧，回答我刚才提出的问题。

我们大清王朝还能存续万万年，吾皇还能活万万岁！

好吧，既然小五跟我是两条心，只想跟我说假话，也就罢了，这次南巡结束回京后，你就不要再在我身边干了，去后花园里当个花工吧！

皇上……我一听这个，吓得赶忙想再跪下去。你一定要让我说出心里的看法，你就先要恕小的出言无罪！

我既是让你说，哪还会治你的罪？说吧，把你的真实看法说出来！我想听点真话。

小的以为，所有王朝存在的时间，都没有一个定量，关键要看它老的速度。

老？他扭过脸看定我，脸上的肃杀之气令我打了一个寒战。

一个王朝的生命和一个人的生命有点近似，都有一个由年轻到老的过程，老到一定程度，就死了，就没有了。就像从来没有一个人能一直活下去一样，也从来没有一个王朝能一直存在下去。像汉朝、唐朝，多厉害的王朝，最后不都没了？估算一个王朝的命数，关键是看它老的速度。

老的速度？

也就是身体腐坏的速度。一个人的身体，通常是随着年龄一点一点逐渐腐坏的，但有时因为得了病，加速了腐坏的速度，就可能早离世。一个王朝，通常也是随着时间的延长一点一点失去了活力，不过有时因为得了病，也会很快失去存在的可能。

一个王朝会得哪些病？

主要是腐病。

说明确点！

就是王朝的官吏们再也不为这个王朝着想，大家都想着从这个王朝主子那里偷一点东西归己，都想着怎样欺骗他的上一级，一级骗一级，直到把主子骗过去；还有就是百姓们不再相信王朝颁布的国策和律令，不再对这个王朝抱有希望，与它离心离德，在百姓和朝廷之间，信任已不复存在，愤怒却在人们心里积聚。

你说我们大清王朝如今得没得这个病？

得了，但很轻微。

你估计一下，还能持续多长时间？

小的确实估计不出，小的没有这个本领。

好吧，不难为你了。实话给你说，昨天夜里，我做了一个不好的梦，梦见太后和我还有几个皇儿正在一间大房子里说话，可那房子忽然间摇摇晃晃地塌下来了……

梦是当不得真的，皇上不必把这梦放到心上。

叫我三哥！

对，三哥……

武城的滨河街上挂了不少灯笼，把街路上铺的条石都映得清清楚楚。我猜，那些灯笼是为迎接皇上南巡而新挂上的，平时不至于这么讲究。街上的商铺都开着门，顾客也还有不少，我想，这大概是要营造一种热闹祥和的气氛，要不是南巡的船队停靠在附近，大多数商铺可能早就关门了。

我跟在"三哥"身后，慢步沿街道一侧走着，间或地，他会走进街边的小店里去，看看店里卖的东西，撇着山东腔问问价钱。那些店主们会很客气地应答着。我在后边警惕地注视着四周，防止有不正常的人接近他的身子，还好，月亮很亮，灯笼很亮，间或走过的人也都忙着自己的事，一切正常。滨河路挺长的，我们约莫走到一多半的时候，看见一家挂着"贝州香"匾额的酒馆，小酒馆门前站着一个姑娘，那姑娘不时地对着路人喊：喝一杯了，喝杯贝州香，烦恼全忘光；喝杯古家酿，身暖心情爽！及至看见"三哥"和我，便马上亲热地喊：二位叔叔，要不要进店喝一杯？俺们老古家酿的贝州香，那可是武城出了名的好酒，当年武松路过的时候，一连喝了五大碗！

嗬，你倒是敢说！"三哥"被那姑娘逗笑了。

叔叔不信是吧？那姑娘歪了头笑问"三哥"。

当然。

那俺告诉你，她的声音忽然压低了：俺也不信。可是一说武松喝过就有人进店买酒，俺就只好这样说了！

"三哥"再次被逗笑了：好，那我俩就也进去喝一杯！

好的，爹，新到客人两位——

那姑娘随之对着店内高声喊道。

我跟在"三哥"身后进店一看，果然是一家小酒店，只见店堂里摆着十来张条桌和木凳，有几张桌前坐着人对酌。"三哥"进门就在一张酒桌前拉过一张条凳坐下了。

欢迎来到小店！两位大哥，先来两壶？一个肩膀上搭条布巾的五十多岁的汉子应声由柜台后边出来，对"三哥"和我招呼着。

有几种酒？"三哥"装成一副正宗酒客的样子问。

就一种，贝州香，自家酿的，这城里的名酒。

放心喝吧，老弟，古家多少辈子传下来的酿造手艺，你一喝保准满意。旁边桌上那两位老汉中的一位转身对"三哥"说道。

那好，就先来两壶！"三哥"见那酒客叫他老弟，笑了，显然是为自己的化装成功高兴。

好的，两壶。下酒菜要几个？有鲜藕片、猪耳朵、牛舌头、羊腰子。

各来一盘！"三哥"豪爽地伸出四个指头。

稍候就到！那原本在门口招徕客人的姑娘这时进店对我们说，之后就朝后厨高喊：娘，两壶酒，四个菜——边说边向后厨走去。

不过片刻工夫，就见那姑娘端着一个放了酒菜的托盘向我们走来，借着店里的灯笼光线，我开始细看那姑娘，这一看让我很吃了一惊，没想到这个小地方还能长出如此貌美可人的姑娘，只见她眼瞳大而黑亮，小嘴和鼻子长得十分巧妙，一件蓝粗布绣花的上衣和一条黑粗布细瘦长裤，把美好的腰身全凸显了出来，饱满的前胸和微翘的丰臀散发着一种极其诱人的气息，微带笑意的双颊上漾着一对儿酒窝，酒窝里蓄满着天真、单纯和一点点野性。她在把两壶酒和四个菜往桌上放时，身子略微前倾，一股淡淡的体香随之沁入了我的鼻孔，我不由得轻吸了一口气。这当儿，只听她含笑说了一句：请二位叔叔慢用，这可是武松喝过的酒！

嗬。"三哥"再次笑了，我们都进来了你还要忽悠？你叫啥名字？

俺只卖酒不卖名字。那姑娘咯咯一笑转身走了。

她叫春儿，老古的宝贝女儿。邻桌的老汉这时给我们介绍。

我注意到"三哥"的一双眼睛已爬到了那叫春儿的姑娘背上，而且紧贴着人家的臀部。

我轻轻咳了一下，让"三哥"的目光收了回来。我和他对视了一眼，想弄清他眼里究竟有无想要的意思，我知道他一向喜欢这种开朗有趣长在民间的清纯女子。

他向我轻微地摇了摇头。

我明白他摇头的含义：今晚不近女色。我再次松了口气，这姑娘肯定是这个小酒馆主人的掌上明珠，要把她弄走可不容易。

来，尝尝这贝州香！"三哥"很豪爽地把壶里的酒倒进杯子里，然后举杯朝我碰过来，我慌忙举起杯子，象征性地抿了一口。

怎么样？旁边那一桌上的老汉扭过头来问。

果然是香，好酒！"三哥"跷起大拇指夸了一句。

在武城，能喝到古家的贝州香那可真是一种享受，老古家多少辈人都做酒，有秘不传人的本领。

老哥看来是经常到这酒馆喝了？"三哥"和那老汉搭讪着。

是呀，来人世上走一遭，别亏待了自己，该吃就吃，该喝就喝。听口音知道老弟是外乡人，一个外乡人能找到这"贝州香"酒馆，证明你有口福呀！

老哥的眼睛厉害哩，一下就看出我不是本地人，实话告诉你，我家住邯郸那边，俺们那里今年天旱，庄稼收成不好，吃的成了问题，没办法，就想来你们这边买点粮食，今儿后晌才到，在大车店里吃了饭来街上闲逛，被春儿喊进了这贝州香酒馆，没想到进对了。来，喝，小五！"三哥"又把杯碰过来。我朝他使了个眼色，示意他悠着点，别自己把自己弄醉了。

你们来武城买粮食可是找对了地方，托老天爷的福，这儿连续两年小麦、苞谷、小米、地瓜都收成不错。

那老百姓的日子肯定好过。

照说是该好过的,可……那老汉看了一下门口,压低了声音:可经不住官府里以各种名目强收呀,交罢皇粮之后,一会儿收修河粮,一会儿收修路粮,一会儿又收迎官粮,名目多着哩,几遍收下来,百姓的粮囤就差不多空了,就得勒紧裤腰带过日子了。

迎官粮是干啥的?"三哥"的眉头皱紧了。

迎接官员用的呀,俺们这靠近运河边的地方,来往的官员多,官员来了,本地的官员就要接待,除了安排他们吃,还得安排他们到花街上找姑娘玩呀,临走还要送上一堆礼物,这钱从哪里出?收了百姓们的粮食卖呀,卖出的钱本地官员也顺便留一点装进自己的腰包。就说这次过船队,船队不还停在河边吗?每个人头又收四十斤苞谷。

哦?

说到底,咱们种地是苦差事,还是当官好呀,当了官才能多贪点多占点,现如今,老百姓无论想办成啥事,都要先给官员送礼,要不然他就卡你。所以老百姓说呀,大小当个官,强似卖水烟。

老哥说得好呀。"三哥"的脸阴沉了下来。你说这收礼的官员,十个中间能有几个?

几个?七八个吧。已经形成风气了,现在老百姓盼的就是你收了礼最好能把事办成。

这当儿，酒馆门外忽然响起了一声响亮地呼喊：古老大，还不快出来迎接华二爷！

酒馆里的众多酒客一听到这声喊叫，像唰的一下拧上了喉咙里的开关，倏然间都断了话音，一齐扭了头朝酒馆门口看。

一个穿着讲究的中年汉子走了进来，他的身后，跟着两个膀大腰圆的黑脸小伙，一看而知是随身的保镖。

华二爷来了，你可是贵客，快请坐。那个姓古的老板这时忙从柜台后迎过来，拉开凳子让坐。

嗬，喝酒的人还真不少哇！那位华二爷一边大剌剌地在一张酒桌前坐下，一边傲然地扫视了一眼店里的酒客。

给你们准备四凉四热八个菜，烫三壶酒？

你看着办吧，我等三人奉命夜巡，为保证皇上南巡的重要船队安全累得够呛，你也该慰劳慰劳了！那华二爷说罢将一条腿跷到旁边的空桌沿上抖着。

叫你家春儿出来给华二爷捶捶腿吧。两个保镖中的一个对老古说。

老古闻言急忙摇头：那孩子小，哪知道怎么捶？还是我来捶吧。说着就想趋前给华二爷捶腿，不防一下子被一个保镖推了个趔趄：听不懂话还是怎么的？叫你家春儿来！

老古咽了口唾沫，低声下气地说：春儿在帮她娘给你们准备下酒菜，那孩子也小，不懂给官人们服侍的礼数。

你喊还是不喊？不喊我就进屋去找她了！另一个保镖恶声

恶气地叫。

不用找，俺来了。春儿这当儿走了过来。

店堂里此时依旧鸦雀无声。我注意到"三哥"眯了眼在看那个华二爷，我知道"三哥"的脾气，只要他眯了眼看你，接下来他准会朝你发火撂狠话。我急忙又咳了一声，提醒他今晚所扮的身份。果然，听见我这一咳，"三哥"的眼睛才又恢复了原状。

华二爷好！春儿姑娘的脸上倒没有什么胆怯之色，只见她径直上前用两个轻握的拳头为那个华二爷捶起了腿。

嗯，好，春儿这一捶，我的劳累就不翼而飞了。那华二爷这时笑道，说罢，又转而看着那古老板问：我上回给你说的那事，你想好了没有？

哪个事儿？古老板脸上堆笑，赔着小心。

把你这几间旧房子和地皮卖给我呀，忘了？你的忘性可不小！连二爷我交代的事情都敢忘？

没忘没忘，只是这几间房和地皮是俺祖上传下来的，也是俺一家三口安身的唯一处所，你要买走了，俺可咋过日子呢？

你不会再去别的地方买一所房子？活人叫尿憋死了？

那二爷你为何不到别的地方去买，偏要买我这旧房子？

我不是给你说过了，我已经买下了你邻居的房子和地皮，我想将那些房子扒了盖一所新的大宅邸，没有你家这块地皮行吗？你不是存心要和我作对吧？

哪敢哪，俺这小家小户实在是折腾不起呀，再说，你出的价也根本不够俺再买块地皮再盖个酒馆，你说，俺要没酒馆了，俺指望啥赚钱谋生呢？求求你可怜可怜俺们。

嘿，听你的口气，好像是我在欺负你，你他奶奶的是存心要气我是吧？告诉你，你要真惹恼我了，姓古的，我一个钱不给，你也照样得给我搬走！你家西邻卖杂货的单家，他们的房子是不是被知县大人的小舅子给硬拆了？

是呀，知县的小舅子那是硬欺负人哪！老爷你就行行好吧。老古努力笑着。

老子也会派人给你全拆了，你信不信？！

华二爷，你要把俺们的房子拆了，让俺们住哪儿？一直在默默为华二爷捶腿的春儿这当儿停手慢声问。

好办呀，你实在没地方去了，就去我家呀，去当我的第四房太太。告诉你，我早就喜欢上你了，而且我已经正式升任县衙的主簿了，正九品，你只要去我家，不仅你爹妈的住处能解决，而且你今后就是九品官的夫人……

啪！那华二爷的话音未落，就见"三哥"猛地拍了一下桌子站起来叫：欺人太甚！

一屋子的人都把目光转向了"三哥"，我心中一惊，也忙站了起来。

他娘的，从哪儿跑出条乱叫的狗？！还有这种多管闲事的傻×！那华二爷呼地推开春儿站了起来，转向"三哥"气势汹汹地问：你小子在说谁欺人太甚？

你！"三哥"的眼眯了起来。

嘀，可见到个敢向老子叫板的人了，好，我正负责警卫皇上的船队，正愁没有捣乱的人犯捉哩，有人撞上来了，其他的人都给我滚出去！你们两个，去把他给我捆了！

其他的酒客闻言全向门外跑了。华二爷的两个保镖向"三哥"身边走过来，我见状慌了，高叫道：你们谁敢胡来？！你知道你们想绑的人是谁吗？

是邯郸来的买粮食的！"三哥"瞪我一眼，显然不想让我亮明身份。

你就是来买金子老子今天也要治治你！捆好，先扔到河里让他洗个澡清醒清醒，要不然他不知道这是谁的地盘！

最先走到"三哥"身边的那个保镖刚要朝"三哥"伸手，不想被"三哥"一脚踢倒在了地上。我知道"三哥"年轻时练过武，会一点拳脚，可要面对这么三个年轻力壮的汉子，他肯定要吃亏。

给我抽刀，捅了他！有谁追究起来，老子出面！那华二爷这时嗖地从腰里抽出了一把明晃晃的短刀，那两个保镖也一下子抽出了相同的刀。我的心呼一下缩紧了，万一皇上受伤，自己必是死无葬身之地，于是，一边急忙去掏揣在兜里的显示皇帝身份的专用金符，一边就想喊出"这是皇上"几个字，不料就在这当儿，忽听春儿平静地叫了一声：华二爷，且慢，春儿答应做你的四太太，俺家的房子和地皮也按你出的价卖给你！你犯不着和这位买粮食的叔叔生气，请你先坐下！

那华二爷被这陡然出现的局面弄得一怔，大约是他的两个愿望都已实现，没有了再发怒的理由，便收回了刀，慢慢坐到了凳子上，并示意他的两个手下也放下了刀。

"三哥"也是一愣，有些意外地看着春儿。连春儿的父母也惊看着女儿，他们显然也没想到女儿就这样答应了对方。

来，来，每个人都喝杯酒，消消气！那春儿这时已端着个托盘走过来，先将三杯酒分别递到华二爷和他的保镖手上，又过来给我和"三哥"各递了一杯。来，喝！春儿自己也端起一杯酒。这杯酒算我春儿敬你们的，华二爷和你的手下是想让我和爹娘跟着你们享福，这两位买粮食的外地叔叔是想替我们一家说话，都是为我们好，春儿感激你们！春儿说罢，仰头就把手中的酒喝了。那华二爷和他的两个手下见状，也就举杯喝了。"三哥"和我，也只好喝下了杯中酒。杯中酒喝进口时，我觉得这酒和我们刚才喝的酒有点不一样，淡得厉害，几乎没有啥酒味，正有些疑惑，却忽然感到有一股让人身酥骨软的东西由腹内向外发散开来，使我很想摊开手脚坐下去，就在我向凳子上坐下时，我的两个眼皮猛然间强烈地想要闭合起来，我看到的最后一幅影像是"三哥"向桌子上趴了下去……

不知道过了多长时间，我才慢慢醒了过来，我醒过来睁开眼看到的第一个情景是："三哥"也正揉着眼睛从桌上抬起头来。

随后，我看见春儿和她父母三口人都是一副出门远行的打扮，且每人肩上都背了一个包袱。接下来，我看到华二爷和他的两个保镖都还躺在店堂的地上，三个人全鼾声如雷睡得正香。

两位叔叔，很抱歉，刚才让你们喝了俺家窖藏五十年的酒头，使你们睡了一觉。那春儿这时低沉地开口道，不用这个办法，你俩可能会被他们戳伤，春儿一家三口感谢二位叔叔仗义执言，喏，这是俺们的一点谢礼。说着，给"三哥"和我面前各放了一陶瓶酒。现在，请二位叔叔走吧，走得越远越好，不要让他们再找到你俩。她说着又指了一下躺在地上呼呼大睡的华二爷他们三个。我给他们喝的是俺家窖藏八十年的酒头，他们不睡到日上三竿是起不来的，你们快走吧！

那你们？"三哥"问。

俺们也得立刻逃离这儿，姓华的既然盯上了俺和俺家的房子与地皮，他不达目的是不会罢休的，他哥哥是德州府的六品官，到哪里打官司也是他们家赢，俺们惹不起，只有逃了，逃到河南那边投奔亲戚，你看，俺们趁你俩刚才醉睡的当儿，已经收拾好了，你们走后，我们稍等一会儿，就也要走了，趁天还没亮，好走些。

春儿，你很有本领！"三哥"的口气转为轻松和赞许。好吧，既是这样，我俩告辞了，祝你们路上顺利平安！"三哥"说罢，转身拉上我就出了酒馆的门。

门外的大街上，月光依然很亮，只是因为夜已深到接近黎明，已经没有行人了。

"三哥"和我几乎是跑着回到了小船上，而后让四个侍卫拼力划着小船向御船飞去。当我们重新出现在御船上时，皇上发出的第一个指令就是：迅速派兵包围贝州香酒馆！

兵士们出发之后，皇上这才由书案上拿过一支毛笔，在春儿赠送我俩的那两个陶酒瓶上各写了一个字："春"，字是写在原有的商标"贝州香"仨字下边的，写完了，还手拿着瓶子长时间地看。

我有点明白他的心意了，就凑上前轻问：要不要宣春儿上船？五号船上还有房间。

皇上先是沉默了一霎，而后轻声叮嘱：想办法让她悄悄上船，先别让忻妃她们知道，记住，在我写的这个字旁用上印，天亮之后，再给她送回去一个酒瓶，算是咱们的一份回礼。

我颔首。

之后，他就出舱上了船头。

我记得很清，那个时候，运河岸边有些人家的鸡已开始打鸣，但西移的月亮还很明亮。皇上先是仰头看了一阵月亮，而后说：告诉他们，把那个姓华的和他的两个手下关进大牢，但对外不公布缘由，我不想让更多的百姓知道大清王朝下边的官吏如此可恶，他们是朝廷的基础，现在是康雍盛世，我才执掌家国十六年，不能让人知道大清基业的基础已开始变朽……

我点头……

屠 户

那只蛾儿还在飞，不落，不停，就那样绕了肉案扇着翅，声不大，嘤嘤的。

风极小，树叶一下一下地摇。挂在肉钩上的半片猪，在轻轻地晃。案上的两个猪头，不动，眼瞪着街路。日头在向西天坠，砍肉刀被照得有些黄。一辆牛车从街路上过，牛蹄缓缓地移。空气中含着金家肉锅的香，却也掺了曹家鱼摊的腥。十字街口，又飘过来瞎老四讨钱讨吃的梆子响：梆、梆、梆……

珠儿站在肉案后，把眼睛又扭向了南街口，没有，还是没有。可是，该到了，两个老人该到了！

"珠儿，来二斤肉！"一声响响的喊，使珠儿一惊，扭过了脸。

"不会小点声！死喊啥？"珠儿瞪了来人一眼，"瘦的？肥的？剔骨的？没剔骨的？"

"嘿嘿，半肥半瘦的，我二姨来了，剁馅。"小伙子咧了嘴，笑笑，目光却聚在珠儿高高的胸上，不动。

珠儿拎起刀，利索地去挂着的那片猪上咔一下，扔上秤："看见了没？秤高一点，让你捡便宜，拿走！"说罢，扔了刀，刀尖扎在肉案上，刀把颤三下，才停住。

"算了吧，谁不知你珠儿的手，准少半两！"小伙子笑着去掏钱。

"放屁！老子买卖公平，不信，去那边公平秤上称！"珠儿把找的零钱扔过去。

"中，算我占便宜。"小伙子点头去接肉，却趁势把珠儿那白白的腕子捏住。

"滚！"珠儿啪地打掉对方的手。小伙子就笑笑地转了身，边唱边往远处走："小珠儿，胖嘟嘟，拎了刀，去杀猪，浑身弄得血糊糊……"

在榆林街，谁都知道珠儿会杀猪。一头猪被拉进院，不管是个大的，还是个小的，只要爹的身子不适，杀不成，珠儿便挽了袖，走上去，给猪拴了腿，绑在一扇门板上，拎了锃亮的杀猪刀，哧一声扎进猪脖子，而后用脚踢过猪血盆，血就一股一股地往盆里注。那猪自然要没命地叫，珠儿却笑笑，端过娘烧好的烫猪水，往猪的身上泼。接下去，就是刮毛、开膛、掏内脏。不一时，珠儿便把猪砍成两大半，扛到门前的肉案上，吸一口气，闭住嘴，用力把肉挂在肉钩上。

珠儿小时胆子也小,每回见爹杀猪,一听猪叫,就吓得捂起耳朵向娘的怀里钻,一边还扯了嗓子叫:"娘,娘,让爹放了它!放了它!"娘就笑,就拍了她的头说:"俺女子不怕,俺女子不怕,它是猪!"珠儿因为怕,猪肉便也不吃。日子在过,珠儿在长,加上整日地见,珠儿的胆子也就一点一点地大,先是看见爹杀猪,不再往娘的怀里钻,只站在远处看。后来,看见爹给出过血的猪用气筒打足气,猪身子变得圆圆的,她觉得怪,就走上前仔细地瞧。再后来,爹把猪开了膛,要用竹筐盛内脏,而娘正在做饭,就喊:"珠儿,拿筐!"珠儿就把筐拉过来,爹把猪的肝扔进筐:啪,一滴血溅上珠儿的手,珠儿身子一抖,慌慌地去衣服上擦。珠儿的胆子一天一天地大,爹杀的猪却一日一日地少,有时杀猪刀挂在墙上,竟有了些锈。珠儿于是就问:"爹,为啥不杀猪?""不让杀。"爹总闷闷地答。渐渐地,娘做的饭珠儿就有些吃够了,总是苞谷糁、红薯面、炒萝卜,没有一点肉。一日,爹坐下吸烟,拉珠儿到膝前,含了笑问:"珠儿,长大想干啥?""杀猪!"珠儿答得好脆。爹一怔:"为啥?""想吃肉!"珠儿说罢,看到爹脸上的笑一点一点地少,蓦地爹把她搂到怀里,声有些抖:"珠儿,别杀猪,去读书!"接着,一滴水啪地落到她脸上,流进了她的嘴,她伸舌尖儿一舔,咸咸的。

　　珠儿读了六年书。那天,十三岁的珠儿从学校回来就哭,娘慌慌地问:"咋了?"珠儿不答,只是哭。问急了,珠儿就抹一把泪,连声叫:"我不去读书,不去读书!""为啥?"爹也有些慌。"他们说我是杀猪家的女子,谁也不和我一桌坐,说我脏!"老两口听罢,无了话,有些怔。从那以后,珠儿就真的不去上学。老两口就这一个女儿,视为掌上明珠,见劝了几次无用,便也不好太委屈她,就默允她退了学。娘对爹说:"算了,就这一个丫头,读多了书,跟个识字人一走,咱老了靠谁?还不如就让她在家给你当个帮手,晚点招个女婿,把咱这个户头撑起来。"爹就磕了几下烟锅,说:"也中,就让她学学杀猪和卖肉!"

珠儿心灵,日子没过多少,就把爹的手艺学了过来。但只要爹身子好,并不用她操刀杀猪,只要她在门口的肉案前卖肉。太阳在走,月亮在来,珠儿就在肉案前走向她的黄金时代,身子高多了,脸蛋丰腴了,胸脯子把衣服撑起来,肤色在遮肉案的篷布下渐渐地白,一双眼珠儿极亮、极黑、极水灵,让人看了有些呆。加上她的刀法好,买肉人说了斤两,她一刀下去,扔到秤盘里,也就只差个高低,所以小镇上去她案前买肉的人就多,她家的生意就红火。这就惹得街上另外几个卖肉的有些气,那些人就小声骂:"×他妈,都是贱种!为了看一眼人家的脸,就去买人家的肉,贱!……"珠儿听不见这骂,自然也不去管它,依旧响响地喊:"哎——,新鲜猪肉,才杀刚卖,大量供应,要肥给肥,要瘦给瘦……"照样地叫:"哎——,不坑不哄,公平买卖……"

常常是半条街都能听到珠儿那脆脆的喊。

但已有好长时间,人们再没听珠儿喊、珠儿叫,只见她如今日这样,默默地割肉,默默地收钱,案前无了人,就扔下刀,站那里,不动,眸子向街,散漫地看。

那只蛾儿还在飞,不落,不停,就那样绕了肉案扇着翅,声不大,嘤嘤的。

风更小,树叶已停了摇。对面二婶胡辣汤锅的烟,袅袅地飘。

珠儿站在肉案后,把眼睛又扭向了南街口,没有,还是没人。可五百多里路,坐汽车这时该到了!

"同志,割肉。"一声礼貌的叫,使珠儿回了头,"二斤半,要瘦的!"

珠儿拎刀,砍肉,过秤,收钱,然后目送着对方走。

眸子一跳,一闪,转瞬间又暗。

"同志,割肉!"董一宝头一次来时也这样叫。珠儿当时正在弯腰砍排骨,听到叫,抬了头,见一个当兵的推个车子停在案前,车后绑了两个筐,于是就明白:是个上士。西山下住了一营兵,珠儿晓得,每个连都有一个上士,上士和班长一样大,任务就是买肉、买菜、记账目。这是大主顾,珠儿很快地直起腰,笑一笑:"割多少?""四十二。""好哩——"珠儿欢欢的一声叫,手起刀落,就砍下了一块肉:"看好了吧?秤砣放在四十二斤上,哟,多一点!算了,你们当兵的辛苦,一两半两不切了，拿走吧！"对方就说一声"谢谢"，把肉放进筐里，骑上车子走。

人家还没走出南街口，珠儿就开始笑，咯咯咯地竟笑弯了腰，直到娘出来拍一下她的头："疯笑啥？"她才直起身，附在娘的耳边说："刚才来的那个兵是个憨瓜，我把秤砣摆在三十八上，说是四十二，他竟没有看出来，少给了他四斤肉，走时他还说'谢谢！'"娘听了，眉就有些皱："一回少给人家这么多？""咋，怕啥？他们是公家的人，钱多！"珠儿声音硬硬的。她平日就是这么做，逢着公家伙食单位的人来买肉，她总能变着法儿少给些。

这事儿办过，珠儿自然就忘了。却不料，半后晌，珠儿正收拾一堆猪蹄，一辆自行车咔地支在她的案前，跟着就响起一句喊："同志，有事！"声音瓮瓮的。珠儿一怔，回了头：嗬！又是那个兵！"咋了，还买肉？"眉眼间就露了一种心计得逞的笑。"不买！"话音中夹了气，怒冲冲的，"你上午少给了俺四斤肉！""胡说！"珠儿的柳叶眉立时就凶凶地竖起来："凭啥坏俺个体户的名声？为啥当时不去公平秤上称？你前晌看没看秤？你算什么兵？"这一连串的反问把上士弄得有些蒙，声音顿时就降下来："我上午把肉买回去，厨房值班员一称，少四斤，人家就怀疑我在中途把肉送给了熟人，我刚当上士，你说这糟不糟？"听上去火气已无，就只剩下一些委屈，有那么一霎，珠儿的心就被这话弄得有些软，眼也就不敢再去看那张憨厚的脸，但她到底还是心一硬："你糟不糟我管不着！"说罢，就转了身，挺响地去摔那些猪蹄。这时，就听那上士突然说："来，再割四斤！"珠儿就回过头，咔一刀，挂到秤上，声硬硬地："看清！别又说俺坑你！"那上士交了钱，拎了肉转身就去推车子，珠儿就赌气地叫："要不要报销的条？""不要！自己的钱！"上士的话音挺冲。珠儿一听，先一愣，随即就抓过对方刚交来的钱，啪一下扔出去："拿走！""不要！"上士说着推了车子要走。"站住！"珠儿的心火升起来，呼地拎起一把刀，跑出肉案把车拦住。"你，干啥？"上士被珠儿的凶劲吓住。"把你的钱拿走！""为什么？""拿走！"珠儿并不多说，只拿杏眼吓人似的瞪了他。他于是只好转回身，捡了钱。"珠儿——"娘在屋里看见珠儿拎刀的凶样，慌慌地跑出来："你咋这样拿刀吓人家？""少管！"珠儿叫一句，不回头，只用眼看上士慢慢地走。当晚，娘做了珠儿平日最爱吃的芝麻叶面条，珠儿吃两口，却一推碗说："难吃！"便去屋里睡。娘跟进来，去摸她的额，担了心问："是不是有病？"珠儿一拍床，连叫几声："瞌睡！瞌睡！瞌睡！"娘不敢再问，就悄悄退出来，对老伴使个别出声的眼色。

第二天，珠儿立在肉案前，又看见那上士骑车驮了两只筐，显然是要买肉，但却并不往她的肉案走，于是就喊："当兵的，过来！"那上士就尴尴尬尬地走过来。"咋了？怕俺坑你？去别处割？来，要多少，俺割了你自己称！"上士脸就有些红。就说出自己要割的斤数，珠儿就一刀下去，称好后，再让他亲自过秤。上士却把肉往筐中一放，说声"谢谢"，付钱，推走。

这以后，上士就天天来买肉，或买多，或买少，或买肝，或买肺，一天一回。回数多了，珠儿和他自然就熟。一熟，当然就说、就笑，就扯些家常。于是，珠儿就知道他叫董一宝，家住信阳北边的董家堤，离这儿有五百多里，就晓得他家还有老父和老母，他是三年前入伍的。

有了这个老主顾，每天都能卖出几十斤肉，珠儿当然欢喜。于是，便稍稍地给些照顾。比如，猪肝、猪蹄一向买家多，但珠儿总是先尽一宝要。有一阵，小镇上猪肉供应紧张，珠儿便把一宝要买的肉预先留下。

得了这些照顾，一宝自然也就感激。没法用东西回报，一宝就用力气。每次装完肉之后，他或是拿过扫帚，帮珠儿扫一下案前案后，或帮助把肉案上的什物摆整齐，往肉钩上挂挂肉，收拾一下猪杂碎。珠儿娘看见了，就悄悄地在珠儿面前夸几句："看看人家这当兵的，心眼多好！"珠儿听了就笑笑。但笑着笑着，就把心里的一种什么东西笑出来了。有一回，当娘又这么夸那个勤快的一宝时，珠儿心里就忽然觉着了一丝儿甜、一阵儿颤，颊上还现出两片儿红。这以后，娘再酱猪肝、猪肚、猪耳时，珠儿就悄悄在盘里留一块，一宝来后，珠儿就将娘支走，自己把一宝叫到紧挨肉案的屋里说："俺娘酱了点肉，我觉着挺难吃，你帮着尝一下，看有没有点味。"一宝诚诚地说："行，拿来我尝。"珠儿于是就端出盘，一宝吃几口，品一品后，憨厚的脸上就浮了笑："好好！这味道好着哩！"珠儿就说："味道好，你就把它吃下去，反正你手已经捏了，也不好放。"一宝便全吃下去。看着一宝香香吞吃的样子，珠儿心里就甜，眼珠儿就亮，身子就软。

接下来，珠儿夜里就多梦、失眠、睡不好。往常珠儿累了一天，总是一上床就呼呼入睡，有时娘来掖被她都不晓，而且也很少梦见什么，而这时却常常睡不着，一宝的脸总在她眼前晃，想赶也赶不开，好不容易入睡了，又总是梦见他。白天，只要一见一宝来，她就觉着想说、想笑，一宝一走，她干啥都觉得心绪全无。一宝哪天要是有事让别人来代买肉，她心里就有一股无名火，不好朝着别人发，她就全倾给了娘，为一点点事就能把娘吵得晕头转向。娘便只好悄悄也向珠儿爹诉怨："这憨女子是吃了枪药还是咋的？"爹就反过来又抱怨娘："都是你给她惯的脾气！"于是老两口就都住嘴，各忙各的。

事情发展下去，就到了那个上午。那天，珠儿爹一大早就到镇东的村庄里去收买活猪，家里因前一天收的活猪少，只杀了一头。珠儿娘看看家里没了别的事，就对珠儿说："我去看看你姨，今日是个空。"珠儿便说："去吧。"那日的天有些怪，早上挺蓝，只有几块云在游，但饭后不久，几块云就膨胀、变大，慢慢地竟把天遮住。这时候珠儿还没怎么在意，只一心盯着街口，盼一宝快来。不想很快就从街筒里滚过一阵风，极凉，且风转瞬间变大，呼一下，就把珠儿肉案上的篷布刮走。近处几个摆货摊的人，也都一声惊呼，慌慌地去捡被刮掉的遮阳布，不能来帮珠儿的忙。很快，雨点就也赶来，啪啪地打在肉案上。珠儿有些慌，门前的东西要收拾，后院也晒了一些衣、被要往屋里拿，然而一个人，顾这顾不了那。也巧，一宝这时骑了车赶到，不用说，他支了车就跑过来帮忙，待两人把该往屋里拿的东西都拿完之后，衣服都已经湿透。雨点此时变得更大，砸着屋瓦，响声竟有些震耳。珠儿一边捋着湿发一边说："今天亏了有你！"一宝就笑笑："没啥，这点事！"话说完，两人就都打了个冷战，一身湿衣，当然凉。于是珠儿就说："来！你把我爹的干衣服先换上暖和暖和。"说着，就去柜里找了爹的一件蓝褂和一条黑裤，扔到了一宝手上。一宝脸有些红，说："换啥，我的身子壮！"珠儿就凶凶地把杏眼瞪起："你是不是想得病？换上！"一宝大约也确实耐不了那冷，就说："也中，待俺换下把湿衣拧拧，走时再换了军装回去。"

珠儿便走进里屋换衣，几下把衣服换好，就出了里屋门。这时，一宝按说是该换好衣了，却不想他因怕把珠儿爹的衣服弄湿，先很过细地擦了一通身子，结果珠儿出现在里屋门口时，一宝上身还在赤裸着。珠儿一眼看见一宝那隆着肌肉的结实的胸脯，乌眸儿顿时有些发直，呼吸也转瞬开始变急，接下去，一股火倏然间在珠儿眼里烧，随之，就见珠儿猛地向一宝怀里扑去,双手一下子抱住了他的腰。一宝被这突然的变故吓呆,一边挣着身子,一边讷讷地叫:"你干啥?干啥?"但很快,珠儿的唇就堵了他的嘴,他的低叫声一停,挣着的手也蓦然间无了力。珠儿死死地抱住他,他的心在狂跳,双眼恐惧地隔门缝向大雨滂沱的街上看,腿却不由自主地随珠儿向里屋移。终于,他迈进了里屋门槛,听到了里屋门咣一下关住,跟着,风雨声就一下子变得极小、极远了……

当风雨又可以把它们的声音送进两人的耳朵时,一宝突然间捂脸哭了。珠儿慌慌地掰开他的手,心疼地问:"咋了?身子不好受?""我要受处分了。"一宝竟有些哽咽。"谁敢处分?"珠儿的眉又凶凶地竖起来,"我们是自愿!咋了?婚姻法上写了,自由恋爱,自由结婚,我们马上结婚,谁敢处分我去找他!""你不懂,不懂!部队有规定,战士不准在驻地附近找对象,这事要让人知道了,非处分我不可!"一宝说着就去穿衣。"别怕!大不了让你复员。你一复员,就留俺家,你管账,我卖肉,爹杀猪,娘做饭,日子过得肯定好!""唉,哪能那么简单!"一宝叹口气,呆立一会儿,就要留下车子,换上湿衣背了肉走。珠儿说:"不能等等?我去给你做碗荷包蛋!"一宝摇摇头:"不敢再耽搁,这时候要再晚回去,更让人怀疑。"珠儿拗不过,上前亲亲他,帮他把肉筐放肩上,便倚了门框,心疼地看他冒了雨走。

一宝第二日来时,两眼布满了血丝,脸也苍白得厉害。他刚在案前站下，珠儿就扭头向屋里喊："娘，你来照看一会儿案子，我进屋去跟这个当兵的结算账目，他两天的肉钱没给。"娘应一声，就出来。珠儿立时便使眼色，让一宝跟她进屋。珠儿爹在后院杀猪，屋里没别人，一进里屋，珠儿便又扑到他怀里，疼爱地抚他的脸："眼咋这么红？"珠儿温热的身子和暖心的话，也立刻使一宝动了情，他把珠儿紧揽在怀里，声音哑着说："我想了一夜，觉着咱俩这事瞒下去不行，没有不透风的墙，早晚领导会知道，那时，怕会处分得更重。所以，我想先向领导汇报，当然，不说别的，只说我俩已悄悄订婚，任领导处分。我估计，可能会给我一个严重警告，宣布我填的入党志愿书作废，让我中途退役。如果这样，你和你爹娘要是愿意，我退役后就留下——""愿意！愿意！"一宝话还没说完，珠儿已欢喜地低叫了两声，又用唇堵了他的嘴。直到听了娘在外边催："珠儿，账还没结完？"珠儿才松开了他，应一声："快了！"又转过身急急地向一宝交代："你今儿回去就向领导说，看他们咋处分。明儿我等你的话！"……

珠儿第二日含了笑在肉案后等待。她只要一听到确实消息，就要向爹娘摊牌：我找了个撑门户的人！

却不料，一宝一天没来！

第三天，一宝照旧没到。

珠儿的心躁极、焦极、怕极：总不会被当官的关起来？

第四日早饭后，珠儿牙一咬，下了狠心：去营房里找！

倘真是当官的把他关起来，就跟他们吵，跟他们闹，跟他们拼了！不想她刚找了借口要出门，一宝却突然骑车子来了。

珠儿望定他，双眸中有惊，有喜，有气。

那只蛾儿还在飞，不落，不停，就那样绕了肉案扇着翅，声不大，嘤嘤的。

日头在挺快地坠，已近了金保伯的屋脊。斜对门老山叔养的鸡，在街边聚一堆，正准备着上宿。菱嫂的货摊已开始收，她那六岁的儿子趁她不注意，拿了一包瓜子跑开去，菱嫂于是就高声骂："×你妈，光知道吃，败家子！"十字街口的瞎老四，大约钱讨得不多，所以就很响地敲着梆子唱："……人本是从土里长，土长粮，粮养人，人爱土，土是娘，可俺因为看不见，不能弯腰侍奉娘，娘就让俺饿得慌，众位发个善心肠，给个钱，买碗汤……"

珠儿站在肉案后，把眼睛又扭向南街口。没有，还是没有。可是，该到了，两个老人该到了！

"小珠子，给爷称个猪头！"一声苍老嘶哑的喊，使珠儿扭过了脸。

"九埂爷，又要自己酱猪头？"珠儿边说边拿秤。

"自己酱的吃着好。你爹呢？又在杀？"老人颤颤地掏着钱。

"嗯，后晌杀一头。九埂爷，你慢走！"

珠儿又把眼睛移向南街口。

"你咋才来?!"珠儿当时的声音极高,把一宝吓得一跳。于是两人一齐慌慌地四顾,还好,人们都在忙,还没人注意到。只有娘听见走出来,嗔怪地说:"珠儿,做生意人,咋这样高腔大嗓的?"珠儿一听,抿嘴一笑,便装了气恼叫:"娘,你不知道。这人两天前买个猪头,钱拖到这会儿没交,走!进屋跟我结账!娘,你照看肉案!"

一宝随珠儿一走进里屋,珠儿就转身挥拳向他胸脯砸起来,边砸边含了委屈叫:"你为啥才来?为啥才来?看把我惊的、吓的、焦的!"捶一阵之后,又扑到他胸上,抚着、亲着,心疼地问:"打疼了吗?"一宝轻轻地摇头,手抖抖地抚着她的头发。"领导咋说?给啥处分?"珠儿仰了脸问。一宝不语,只是抚着珠儿的黑发。"究竟咋说?"珠儿又在他胸脯上捶一下。"部队要去打仗了!"一宝突然说出了一句。"啥?"珠儿的眼蓦地瞪大。"打仗!去南方。大前天我从这里回去时,部队刚接到了命令,我这几天没来,就是因为部队正做出发准备。""哦?"珠儿的身子一颤,"那你快把咱们的事说出去,让领导处分你,让你中途退役!"一宝头极缓地摇着:"这事现在不能说了,现在说出去,别人以为我是在找借口,不想去前线,临战怯逃。""不管咋着,打仗要死人的,我不准你去!不准你去!"珠儿伸手紧紧抓住一宝的领扣,眼中,涌出了泪。"傻珠儿,"他抬手,手抖抖地为她擦着泪,"如果我真的为这事被留下来,不去打仗,怕别人晚点就会指着你说:珠儿的男人是个逃兵，打仗时生着法子不去，胆小鬼！那时你会受不了的。我日后也无脸去人前，还咋帮你在街前站着卖肉？再说，打仗并不一定就死，一九七九年那仗，不是那么多人都回来了？还有，战场上立功、提干比平日容易，只要能打仗不怕死就行，我已经要求不当上士，去一排当班长，我要是在战场上立了功，当了排长，回来时就可以正大光明地娶你。部队有规定，排以上干部可以在驻地附近找对象，珠儿，你说，这多好！""呜……"珠儿突然低声哭起来。一宝见状，发慌，一边用手给她擦泪，一边说："别哭，小心娘听见！"珠儿把哭声压低。一宝于是就又交代："我走了后，不能直接给你写信，怕信一到，街坊邻居就会猜测、议论，坏你的名声，你也不要直接给我写信，免得战友们发现。我有一个老乡叫罗同，领导已确定让他在营房留守，我给你的信让他转给你，你给我的信也让他寄给我。好了，我该走了。今天我是最后一次来买肉，以后换成了另外一个战士。"珠儿猛地抓紧他的手："走前啥时再来看我？"声音中带了哀求。一宝的身子抖一下，低低地答："我找个晚上悄悄来。"说罢，两人紧紧搂抱一霎，分开，珠儿用湿手巾擦擦眼，假装着大声说一句："以后欠账，记着按时还！"接着，出门，给一宝割肉，而后倚了肉案，恋恋地看一宝走远……

四天之后的那个夜，天无月，星也不多，在镇外的枯河道里，他告诉她：部队明天中午会餐，可能在晚上走。珠儿不语，只紧紧地抱着他。身下铺着他的衣，河道里土的硬和草的茸，透过那薄薄的衣，能让他们感觉着。风一股一股地在河道里过，镇子里有狗在一声一声地吠，女人喊娃睡觉声在不时地响。但两人什么也没听见，只听到对方的心跳、呼吸。渐渐地，风开始凉，镇子里的声音在平息，该分开了。他先松开了手，无言地拿过身后的挂包，从中掏出一个塑料袋，说："这是一身衣服，给你买的，不知道尺寸是不是合适。拿住，做个纪念。"她无言地接过，停一霎，便去脱自己刚穿好的上衣，直把最贴身的背心脱下来，说："我这几天心乱，忘了给你买个东西带上，这个背心可能小，来，你看能不能穿上，能穿上，就穿去，不能穿，就带上，想我了，摸摸它。"他顺从地脱去上衣，穿上她的背心，背心小，有些勒人，但他说："挺好！"两人拉手上了河堤，他送她到街边，两人又在黑暗中抱。他感到他的脸上沾了她的泪，就抬手去擦她的脸，擦不干，停一下，就松开手，转了身要走。走几步，又被珠儿从背后抱住，脚停下，一霎，他用力掰开她的手急步向远远的暗处走。珠儿瞪了眼望，直到看不见才突然蹲下，发出一阵抑低了的泣。泣声惊动了一条狗，狗挺响地叫，珠儿这才惊起，慌慌地向街里走……

第二天早晨一起身，珠儿就穿上了一宝给买的衣。他显然不是会买衣服的人，衣服又宽又长，颜色也是深蓝的，但珠儿照样极珍爱地穿上。娘看见，就诧异："啥时买的衣？""前几天。"咋买这么大的?""大了穿上美气,咋了?我喜欢!"娘于是不敢再问,只好笑笑摇头:"倔丫头,穿衣也不跟人家一个样!"

早饭后不久,接替一宝的新上士就来买肉。珠儿问:"要多少?""七十五。""会餐?""你怎么知道?""猜的。"珠儿边说边挥起刀,肉割好,过秤,收钱,开票。新上士刚上任显然也小心,就把珠儿秤好的肉又搬到那边的公平秤上称,称罢却吃惊地叫:"九十斤!给多了?""少啰唆!那公平秤坏了,俺家的秤准,快拿走!"那新上士点点头,就放上车子,说声"谢谢",骑了走。

珠儿定定站在肉案前,神情有些呆,两滴晶亮的水,在她的眼角晃、晃、晃,终于,极快地滚下来……

那只蛾儿累了,落在肉案上,不哼,不动。不过,只一霎,就又扇了翅,飞起来,围了肉案转,声不大,嘤嘤的。

对门的风箱开始响,炊烟升起来,燃过的麦秸灰便又在天上极慢地飘。西街的秋子嫂又跟男人在吵架,骂声很响地传过来:"……×你个先人哟,老子当你的老婆有啥好?坐月子吃的都是煮萝卜,红糖你都舍不得买三斤!娃子给你生了一个又一个,你啥时夸过我一句话?×你八辈祖宗!……"

珠儿把眼睛又扭向南街口。没有,还是没有。可是,该到了!两个老人该到了!总不会是车在路上出了事?

"珠儿孙女哟,给奶奶割点肉。"一声亲亲的呼唤,使珠儿扭过了脸。

"四奶,割多少?"珠儿恭敬地问。

"三两。牙不好,又是一个人,多了吃不了。"四奶蔼然地说,眼却看着手中的一张纸。

"手里拿的啥,四奶?"

"信。孙子来的,"四奶的脸上全是笑,"一封信!"

"一封信!"那日珠儿正在肉案前呆站,一宝的老乡罗同突然在肉案外边低低地说。

珠儿闻声扭头,一惊,一喜,慌慌地接过信,急急地进屋去读,刚读完信末"想你、想你、想你"那六个字,心中的甜蜜正在弥漫,却突然觉着胃里一阵难受,不好,要吐,几步跑到后院墙根,哇一下吐了。

"珠儿,咋了?"爹和娘看见,极心疼地问。

珠儿摇头:"不知道,这几天总恶心。"喝一口娘递过来的水,嗽着嘴。

"快跟你娘一块去刘家诊所看看。"爹催,娘就扶了珠儿去。在诊所要了止呕的药,回来吃了几天,效果却近于无。珠儿总是觉着想呕、想吐。爹和娘于是就越加地慌,要不是那天早上的那盘藕,不知老两口还会怎样地慌下去。

那日早上,娘凉拌了一盘藕,放了姜,放了蒜,放了香油,当然也放了醋。珠儿娘拌好后特意先尝尝:咸酸适度。不想珠儿坐在饭桌前,只吃了一口藕,就叫"咋不放醋",边说边就站起身,拿过醋瓶便往盘里倒。结果,珠儿爹和娘再去叼藕吃时,却几乎同时一伸舌头,叫:"嗬,酸成这了!"但珠儿当时却说:"我吃着正好!"珠儿爹当然没从这话里听出什么,只是慈爱地一笑:"胡吃!"但娘却身子一抖,从珠儿的爱吃酸一下子想到她这些天总吐,想到她这个月"红的"还一直没来。珠儿娘就这一个女儿,平日对女儿照顾得也就极细,她知道珠儿"来红"的日期,一逢那几天,她啥活都不让珠儿干,就连珠儿的内衣裤也不让她洗。这个月"红的"本在前十几天就该来的,但珠儿娘在替女儿整理床铺和衣物时,却一点也没有发现"来红"的痕迹。往常,粗心的珠儿"来红"时,总要在换下的衣裤和床单上留下一点一滴,这次却一直没见。珠儿娘原以为是因为珠儿卖肉累着了,推迟了来的日期,但把珠儿的想吃酸和呕吐连在一起想,一个可怕的推测把珠儿娘的心都吓抖了。她立时就觉着一股冷气从脚底升起,直向背爬去。她并没立刻向珠儿爹说出自己的猜测,她还要再证实。饭后,她把女儿叫到里屋,不由分说地掀了女儿的上衣,把手放到了珠儿的腹部,她的手立时哆嗦一下。

"娘,你干啥?想吐又不是因为肚子疼,是胃里难受。"珠儿那乌黑的眸子诧异地闪。

"说!"娘的声音第一次变得这样严厉,"这是谁的孩子?"

"啥孩子?"珠儿震惊地瞪大眼,但转瞬之后,她就一下子明白,双手慌慌地去护她的腹,她蓦然间懂得了自己身体变化的含义,脸也一下子没了血色。

"啪!"娘猛地扬手打了她一掌,她跌坐在床沿,怔怔地望着娘,从小到现在,这是娘打她的第一掌。

"你为啥要办这丢人的事?为啥?为啥?"娘摇着她的身子,但突然间,娘停住手,双掌捂了自己的脸,开始呜呜地哭,边哭边诉,"天啊!这事一出,你憨女子日后还咋活?我和你爹的脸往哪里搁?咱家的清白名声还要不要?天哪,我为啥要养你这个闺女……"

珠儿眼呆呆地望着娘,她什么也没说,什么也没讲,她只是觉得脑子木。她双手护着腹,紧紧地……

整整一天,珠儿娘都没敢把这事向丈夫说,她怕、她怯,但她不能不说。这件事在家里太大、太大。吃晚饭前,她关了屋门,吞吞吐吐地、结结巴巴地开始向丈夫说,但只说了一半,珠儿爹的脸就被气得发紫,只听他吼叫一声:"贱女子噢!"就握起拳没命地向里屋的珠儿冲去,珠儿娘急急地去扯丈夫,但没扯住,就在丈夫的拳头抡起时,珠儿娘凄厉地低叫一声:"她身子重,打不得哟!"珠儿爹的身子一抖,拳头在快触到女儿的身子时骤然停住。

珠儿紧缩在床角,双手捂着腹,眼如受惊的鹿一样瞪大,身子在瑟瑟地抖。

"你这个当娘的是咋当的?咋当的?!"珠儿爹猛地转过身朝妻子吼,紧跟着,就扬起巴掌朝妻子的脸上打,啪!啪!

啪！一缕血丝从珠儿娘的嘴角极快地渗出，但她却一下没躲、一声没吭，一任丈夫打、打。珠儿爹突然住手，几步跑到外屋拿一把杀猪刀在手，又跑进来朝女儿低吼："说！男的是谁？老子非去拼了他不可！说！"

"不怨他！"珠儿极低地答。

"说！他是谁？"爹手上的刀在颤，脖子上的筋在跳。

"是个当兵的。"

"住哪儿？是不是在镇西那个营房里？叫啥名？"爹的眼红极。

"去云南打仗了！"

珠儿爹一愣，切齿地骂一句："这个狗东西！"手中的刀随之落地，无处发泄的气恼转向了自己，只见他猛地扬手打起自己的嘴巴，啪、啪。珠儿娘慌慌地上前拉住丈夫的手，抽噎着说："光生气没用，得想个主意。"

珠儿爹蓦然双手抱头缩下身，呜咽着叫一声："想啥主意？啥主意呀？！"……

珠儿被这猝然而至的事情吓得有些呆。她从没想到，爱上一宝，原来还会带来这么可怕的后果。她十九岁生日过完不久，还根本没有要做妈妈的心理准备。她尝到了"怕"的滋味，在这之前，爹娘的宠爱，使她从来不知道"怕"对于人竟是这样厉害。她曾想立刻给一宝写信，告诉他她怀了孩子的事，让他知道她现在有多怕、多苦！但她最终还是把这念头打消,他在前边已经够险,不能再给他添一分"害怕",不,不。

十几天之后的一个下午,娘低声告诉珠儿:你爹在八十里外的一个小镇医院找到一个熟人,答应悄悄给你做手术,咱娘俩明儿个坐车去。珠儿当时木木地点头,她已经晓得,这个孩子无论如何不能生下来,西街的疯玉兰,就是因为没结婚生了孩子,受不了人们的冷眼,疯了的。娘说完进屋不久,肉案外突然响起一声低低的呼唤:"珠儿。"珠儿抬头,呆滞的眸突然一亮:案外站着一宝的老乡罗同。"有信?"珠儿蹙紧的眉一下展开。"有……一封。""快给我!"珠儿迫不及待地伸手抓过,根本没去注意罗同那颤颤的声、噙泪的眼、抖抖的手,甚至连罗同那声"多保重"也没听见,就把信装进了衣兜,转身喊:"娘,你来!我进屋喝点水。"娘刚出门,她就进了屋,急切地撕信,贪婪地去读——

我亲爱的珠儿:

天亮之后,我就要带突击队去夺敌人占领我们的一枚山头了。这样的进攻战斗,突击队员能活下来的一向很少,因此,我必须做好死的准备,把有些话给你说说。我走了之后,你要记着把我给你的信都烧掉,不留任何痕迹。你在外人眼里还是个姑娘,你还要生活。我曾想过把我不久前得到的一枚军功章寄给你,做个纪念。后来想想,不能寄,你以后还要成家,万一这东西叫你以后的丈夫看到，会引起一些猜疑。

我现在十分后悔，后悔认识你太晚，后悔当初胆太小，和你在一起的时间太少。我在想，假若早认识你，假若和你在一起的时间多些，说不定我们会有一个孩子，孩子！这样，我虽死了，但我们董家还有一个后代。你晓得，我爹妈就我一个儿子，我一死，我们董家就彻底绝了。一想到两个老人会孤独无望地生活在那三间老屋里，我心里就怕，就抖。我真后悔！几十年之后，人们可能就会忘记，世上曾经有过董一宝这家人。当然，我这话有些自私，只想到了自家，没想到你，你会原谅我的这些瞎想吧？

天亮出发前，我要把你的那件背心穿上，那样，就是中弹倒下，我也是和你在一起的。只是不知以后整理我遗体的那些战友，会对我穿女式背心做些啥样的猜测。不多写了，珠儿，这算作一份遗书，先存我一个好友手里，我若能回来，他自然不会寄出，如果你真看到了这封信，那就证明我真走了。你不要哭，不要让爹和娘看见你哭……

"一宝——"珠儿只痛楚地嘶叫一声，就软软地倒在了地……

她醒来时，已经躺在了床上。娘默默地坐在床沿："是不是总觉得晕？"娘恨爱交织地问。她以为女儿的倒地是因为头晕。

珠儿不答，只默默地看着屋顶。脸，平静得很。

第二天早饭做好，珠儿一反这段时间总等娘喊吃饭的习惯，先坐到桌前，并且不是皱了眉只吃几口，而是咬牙吃了两大碗。娘见了就说："今儿要坐车去医院，多吃点好。"然而，待娘把随身带的竹篮挎好，说："珠儿，咱去坐车吧。"珠儿却突然开口："不去！"声音硬硬的。

"为啥不去？"娘吃惊了，"昨日你不是答应了去？""昨日是昨日，今日不去了！"珠儿的声音冷静至极。"为啥不去？"一直蹲在一边抽烟的珠儿爹，猛地站起，低吼道。"就是不去！"珠儿的声音冷极、硬极。"你……"气极的珠儿爹向珠儿冲去，但就在这时，珠儿闪电般地伸手抓过一把锃亮的杀猪刀，一下子把刀刃放在了自己脖子里。

珠儿爹骇然地止了步。

"你们要再逼一句，我就扎进去！"珠儿的声音极冷厉。

"你！你？你？"两个老人被吓呆，一时竟都瞪大眼、屏住气，站定在那里。

屋里静极。

锃亮的刀刃在珠儿的脖子上晃晃的。

"珠儿，娘求你了，你能不能说说你为啥又不去了？"娘的话带了哭音……

"他死了！"珠儿平静地说。

"谁？"两个老人都没明白。

"在云南打仗的人!"

"哦?"娘一声轻叫。

"是立功之后又战死的!"

"哦?"爹的嘴角一颤。

"他家里只有年老的爹和妈,日后要绝了!"

娘的眼瞪大。

"这样的人应该留个根!"

静寂填满屋里。

远处的十字街口,瞎老四的梆子又在敲。

"叫留不叫?"珠儿的刀尖又挨到了脖子上那莹白的皮肤。

两个老人站那里,不动,不吭。

"再问一句,叫留不叫?"珠儿的刀尖刺破了皮肤,一股血立时把她那洁白的脖子染红。

"叫留!叫留!我的珠儿!"娘惊慌至极地喊道,同时转了身没命地摇着丈夫的胳膊。

珠儿爹双手捂着脸,呻吟似的说道:"留吧……"

那只蛾儿还在飞,不落,不停,就那样绕了肉案扇着翅,声不大,嘤嘤的。

日头已经沉下去,暮色开始浓,街上一点一点地暗下来。珠儿紧盯着南街口,可是,没有,两个老人还没到!莫非是出事了?

"珠儿呀,还有猪蹄没?"一声响响的叫,使珠儿扭过了头。

"有，七婶，要几个？做汤喝？"

"嘿，你七婶有那福气？！给儿媳妇买的！人家坐月子，有功劳，想吃啥都得给人家买到！"七婶絮絮地说着，话中就露出了几分气，"要四个。"

"七婶得的是孙子还是孙女？"

"是个带把的！"……

"是个带把的！"那晚，当珠儿终于从疼痛的苦海中一下一下挣出来时，爹从远处请来的那个接生婆，望了她笑笑地说。珠儿原本是想在脸上浮个笑的，却不料先出现在脸上的，竟是两串泪。几百天的痛苦反应，几百天的隐居生活，几百天的提心吊胆，现在总算有了结果，有了结果！

当珠儿第一次抱着自己的孩子喂奶时，心在痛楚地叫：一宝，这就是你的儿子！你的后代！你们董家不会绝了！不会绝了！……

这个孩子的出世，使笼罩在这个家庭的气氛有些变。珠儿会笑了，尽管她有时还会对着孩子流泪；珠儿娘笑了，看着这个胖胖的外孙，她抑不住心中的欢喜。只有珠儿爹仍然不笑，而且在珠儿娘几次把外孙抱给他看时，他都扭过了脸。但有一天，当珠儿和娘都去后院晾晒尿布时，那老人慢慢地踱进里屋，俯下身仔细地看着躺在床上的外孙。那小家伙见有人来，便瞪了乌亮的眼，挥着白胖的手，嗷嗷地轻叫着，于是，珠儿

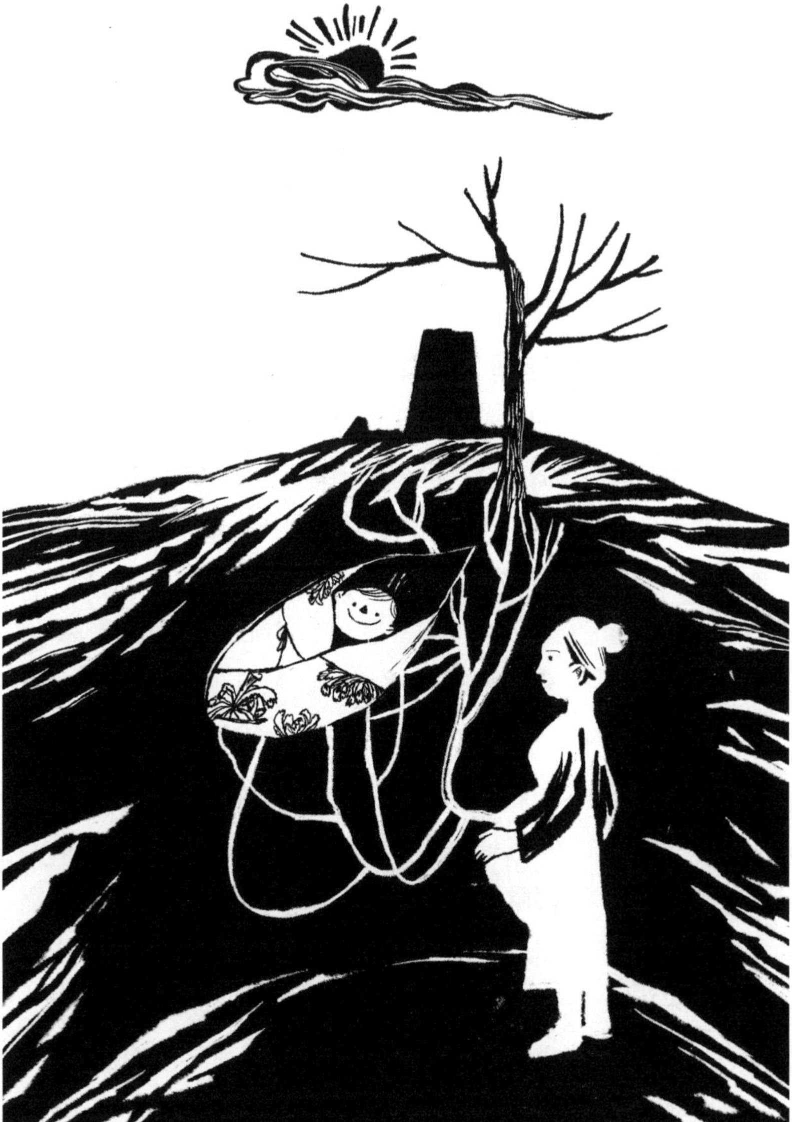

爹那满是皱纹的脸，就极快地俯下去，在外孙的脸上贴一下。待他抬起头时，皱纹里夹着的就全是笑了。珠儿刚好这时进了后门，默默地看着这一幕。老人发现女儿，有些尴尬地止了笑，咳一声，说一句："我怕他滚下床。"便慌慌地走了。

一日，晚饭后，珠儿娘对珠儿说："该给娃子起个名了，不能老'小胖、小胖'地叫。"珠儿就说："中。"豫西南地区的风俗，孩子的名一向是由爷或外爷起的，但珠儿怕爹不愿起，就说："娘。你看起个啥名好？"珠儿娘想想，就说："这娃子身子结实，就叫他董大柱吧。"不想珠儿爹却突然生气地打断老伴的话："女人家见识！啥柱不柱的？人家爹是当兵的，死在战场上，是卫国的人，叫他'继卫'多好！"珠儿娘就撇撇嘴，说："哟，就你起的名字好！"珠儿就笑笑："按爹起的叫！"

小继卫在长，珠儿的身子也在恢复。月子里，猪蹄汤、猪肝汤珠儿是常喝的，除此之外，爹还常用猪耳朵、猪肚去街上给她换鸡、换鱼吃。满月之后，珠儿更显得白而丰满。由于珠儿身子好，奶水当然就足。小继卫一噙住奶头，就是喝水似的尽情把肚儿喝圆。尽管小继卫挺能吃，但奶水却还喝不完。时常地，珠儿要把奶水挤下地。而且就因为这奶水，还差一点暴露了小继卫存在的秘密。

那是小继卫满月的二十天之后，这时，因为珠儿的身形已大致恢复到了做姑娘时的样子，爹和娘便改了当初遮人耳目的种种借口，准许她到门外的肉案前卖肉，自然，是在孩子睡了之后。那一日也巧，天稍稍有些热，珠儿卖了一阵子肉，便脱去了外衣。这一脱不打紧，她那两个圆圆的奶子就从衣下露出来，而且每个奶头上边的衣服都被奶水浸湿了一块。珠儿当时没在意，是一个来割肉的姑娘发现的，那姑娘诧异地叫："珠儿姐，你胸脯子上的衣服咋了？"珠儿一惊，竟一时说不出话。幸而珠儿娘这时出来，急忙朝珠儿喝道："看你那个邋遢样，喝水把衣服都弄湿了，还不快回去换换！"珠儿便慌慌地向屋里走去。所幸的是，发现这个情况的也是个姑娘，她还不会去做过多的联想。待那姑娘走后，娘吓出一脸汗，进屋对珠儿低叫："天爷呀！你咋这么大意？！"

这之后，又有一次，因为小继卫的哭声，差点把他存在的秘密泄露。过去，为了防止别人听到他的哭声，珠儿爹把窗户用土坯堵了，在里屋门上挂了棉门帘。加之左邻是钉鞋的九叔，双耳全聋，右邻是个人来人往的马车店，还没有谁留意到小继卫的哭声。但随了小继卫哭声的响亮，右邻到底留意到了。那日，马车店主来珠儿家割肉，就用颇带几分奇怪的口气向珠儿爹说："我这两天咋总恍惚听到你们家有小孩的哭声。"珠儿爹当时吓得差点把手中拎的一个猪头扔地上，还好，他到底想出了一个搪塞的主意："是呀，我那个外甥女前几天抱着孩子来这里，说要给孩子看看病。"那店主知道珠儿爹是本分人，倒也没想别的，只是随口"哦"一声，就提了肉，转身走。珠儿爹这才带了一脸的恐慌进屋,摸着外孙的脸蛋说:"老天!你为啥要哭那么响?"停一霎,老人转向珠儿,脸浮了歉疚,讷讷地说:"不敢让他再在这里住了。"

珠儿咬了牙,点点头,极轻地。几乎在这同时,泪涌出眼,在脸上流。是的,小继卫已经五个月,该回他的老家了!

小继卫那远在信阳的爷爷、奶奶,在他刚生下不久曾在罗同的引领下,在一个夜里来悄悄看过一回孙子,以后多次托罗同来问:啥时候来抱?珠儿一直没有说个准话。就在珠儿爹说了那话的当天,珠儿向继卫的爷、奶发了信。

两位老人回信说,今日来抱。

那只蛾儿还在飞,不落,不停,就那样绕了肉案扇着翅,声不大,嘤嘤的。

街灯开始亮,光微微。珠儿两眼紧盯着南街口,蓦然间,她的身子一抖:来了,来了!那两个老人,一前一后,提了包、挎了篮,慢慢地向这边移着步。

哦,继卫,你爷爷、奶奶接你来了!

五碗黄酒,摆在那个黑漆斑驳的木桌上,热气袅袅地飘。

珠儿怀抱着小继卫,坐在桌子的一头。胖胖的小继卫一手攥了妈妈的衣角,闭眼、伸腿、微微张嘴,香香地睡。

四位老人分坐在小桌的两边,垂了眼,默望着那酒、那桌、那桌上斑驳的漆。

电灯泡不大,黄黄地亮着。

风又变微，后院里的树叶一下一下地摇。远处的十字街口，隐约传过来瞎老四的梆子敲。

屋里，静极。一只蛾儿在屋角飞。

"喝，老哥！"穿黑褂子的继卫的爷，双手捧起一碗酒，递到了继卫的外爷手里。

"喝，老姐！"穿蓝大襟衣的继卫的奶，双手捧起一碗酒，递到了继卫的外婆手里。

"喝，闺女！"继卫的爷和奶两双手捧了一碗酒，颤颤地递向珠儿的手。

四个老人端碗，无言，仰脖，喝下去。

"让小卫爹替我喝了。"珠儿低低地说罢，倾碗，让酒缓缓地向地上洒。洒毕，放下碗，整理一下小继卫身上的襁褓带，俯首在熟睡的小继卫脸上亲一雯，而后，缓缓地站起。

四个老人默默地起身，离座。

珠儿把小继卫捧在手上，手在抖，身在颤，无言地向继卫奶怀里递过去。

扑通！小继卫的爷和奶，突然间双膝落地，当爷的发出一声苍老低哑的叫："你们使俺董家一门香火不绝，俺们跪下了！"

珠儿、珠儿爹和珠儿娘，身子几乎同时一抖，便也扑通一下，朝脚下那黑色的地，跪下了膝。

那只蛾儿还在屋角飞……

武家祠堂

日头在祠堂的屋脊上极轻巧地一纵,就爬上了天去,于是街面上,便铺了些黄,于是卖豆腐的景宽就高声叫:"日头出来称豆腐,身子发福屋里富,来哟——"

声音长长的,在街筒子里响。

就在景宽的叫声中,尚智拉了装货的平板车子,眯着眼,进了祠堂前的空场,在平日售货的老地方,摆起了自己的货摊。片刻之后,在铺着印花塑料台布的长方形售货板上,尚智的货物就全摆了出来:绣着刀、矛的红兜肚,刺着剑、盾的灯笼裤,织着弓、箭的练功宽腰带,印着坦克、飞机、军舰、导弹的白背心,绣着侦察兵、炮兵、喷火兵字样的运动裤头,绣着卫、护、士、勇各种字样和车、马、枪、炮的各色手绢,全是武人们和尚武的人们用的东西。

"尚智老弟,不来一斤?"景宽在那边叫。

尚智手摇摇，仍又弯腰细心地放置货物，待一切布置停当之后，他才舒一口气，扭头看了一眼祠堂，祠里大堂屋脊上的兽角，直插入晴空，很是巍峨；祠外那七尺高的土黄色院墙在阳光下放了金光，极是气魄，祠堂的大院门还没打开，只有"武家祠堂"那四个烫金的字立在门楣，威武、缄默。

这祠堂尚智很熟，小时候常和伙伴们翻进院墙去玩。它总共有大堂、二堂、三堂和十二间厢房，外加一个高高的哨台。祠堂是南宋末年修的。早先埋在后院土里、如今安放在前院大堂中的那块"修武家祠记"碑上刻着"存武家元气"五个大字，落款是："岳武穆七十七部属。"

镇子上的老人们说，当年岳飞被害之后，岳家军随之解体，其中有七十七人就流落在此地落户，这也就是我们镇上人的先祖，祠堂就是他们捐资修的。

这里离岳飞的故乡汤阴不是很远，岳家军的好多将士是中原人，他们在中原南部的这个盆地安家似乎可信。

早呀，尚智！卖兵器玩具的梗子推着平板车来了。早！尚智应了一声，眯着眼看对方乒乒乓乓地摆着兵器玩具摊子，兵器倒是什么都有：刀、斧、弓、箭、各样枪支，可惜都是些木头做的，涂了些银粉和白漆、黄漆。

尚智不屑地看他一眼：成不了大气候！

他把目光移向平日和自己卖同样货物的几家摊子：四婶、郭灶叔、伏田哥、苇儿嫂，哦，除了专卖绣花灯笼裤和绣花红兜肚的苇儿嫂来了之外，其余人家的摊位都空着。

他们大约是不能来了！这一点尚智早已料到。自从半月前他改制了一台绣花机，又买两台缝纫机办成专制兵家徽记的服装社之后，他就已经料到了四婶、郭灶叔、伏田哥他们的这种结局。他们手工绣制的服装产品在价钱的低廉上远比不过尚智的。

他满意而且得意地笑了笑，最后把眼睛停在了苇儿嫂身上。她的眼皮还有些肿，面孔还是那样苍白，黑布鞋的前边还缀着孝布，她是不是又在为定坤哥哭？别哭了，嫂子，不要哭坏了身子。今天我要把绣花灯笼裤和绣花红兜肚降价了，我的缝纫社里这东西已经做了很多，我不能再积压下去，你可要有点思想准备，你将来也应买台缝纫机，我可以帮你把它改制成绣花机，这样你的产品成本就可以降下来了，产品的售价就低下来了，售出的数量就会多了……

咯吱吱，一阵钝重的木门与石门墩摩擦的声音传进了尚智的耳朵，他不用回头就已经知道，祠堂的大院门已经打开，第一批游客就要进去了。

对那座大门他是太熟悉了。门漆的是草绿的颜色，据说刚建起来漆的就是这种颜色，这种颜色的大门在豫西南还不是很多，不知当初造祠堂的那些岳家军官兵们，是想以此把它与富人们的祠堂相区别，还是怕朱漆大门会让他们想起战场上流的血，反正门漆的颜色有些怪。两扇门的正中，各镶有一个铜牌，一个铜牌上凸现着一把刀，另一个铜牌上凸现着一根矛。门槛下安着一个暗藏的机关，这机关设计得极其精妙。外来的生人如果不知道这机关，迈过门槛后准要一脚踩上它，而只要踩上它，两扇门后就会忽然从地下冲起六名木雕彩绘的士兵，一边三人，六人手中各持一柄大刀，刀尖直戳向来人的心窝，当然不是真戳，刀在离你一尺左右的地方停下，六个真人大小的士兵怒目瞪着你，这一招能把预先无思想准备的人吓死，这机关叫"门后伏兵"。听说，这机关自装上到一九八五年，已经先后吓死过十七个人。那机关前不久拆了，怕的是它吓了游人。有一次，一个来此游览的英国朋友非要看看不可，管理人员没法，就装上了，那人是在预先有思想准备的情况下去踩那机关的，就这，还把他吓得心脏病复发住了院。

"喂，一条灯笼裤多少钱？"摊子前走过来一个小伙子问。尚智见有顾客，脸上立时浮起了笑，那笑极谦恭、极亲切："九块。"答完又急忙接着介绍，"这灯笼裤最宜于杂技演员、武术运动员和业余武术爱好者演出、比赛、练功时穿用，美观、大方、轻柔且不妨碍腿部的任何运动，本品采用黑色优质府绸，并用彩线绣有兵家符号，穿上它会使你英姿勃发、豪气顿生。怎么样，来一条？""贵了吧？""贵了？哈哈，明给你说，昨天每条卖十一块，不信，你去问问别的摊子，然后再决定买不买，如何？"

那小伙子果然转身向那边苇儿嫂的摊子走去。

尚智笑了，笑得胸有成竹。灯笼裤压价两块，是他今天预定的计划。他那高中生的脑子当然明白，薄利多销比价高滞销要好。他早已看到，武家祠堂门前这个销售兵家徽记服装、兵家纪念品和各种兵器玩具的小市场，大有可为！这里不仅是四乡六十多个村庄的商贸中心，而且是南下襄州北上宛城的必经之地，宛襄公路就从祠堂门前过，每天往来的旅客极多，再加上武家祠堂是武人们的景仰之地，不仅四乡常有从军尚武的人来参观，连宛城、襄州的青年人甚至外国人也常坐车来游览，祠堂门前，每天都停十几辆游览车。尚智高考结束知道自己不可能考上的第三天就来这里摆摊，正是因为他看到了这点，他要在此处干一番事业！不过半年多时间，他就已经办起了缝纫社，他还要大干，一个宏伟诱人的远景已在他的心里出现：他要在武家镇上建立一个生产和销售兵家徽记服装、兵家纪念品和兵器玩具的中心，并且要让自己的产品打入宛城、襄州的市场，然后到更远的地方去打开地盘。他甚至已想到，不久的将来，他要去东南亚国家签订出口合同，去时当然是坐飞机，别的机种不坐，只坐波音747，那种飞机既豪华又安全。他坚信在不长的日子之后，他的名字定会在《中国青年报》的头版出现，可能是消息也可能是通讯，要是通讯的话题目最好叫"武门之后，商界之王"。他相信他那些坐在大学里读书的高中同学，读了报纸之后也会对他生出一点忌妒，而不光只是由他对他们生出羡慕！

"不错，你的灯笼裤是比较便宜。"那小伙子此时走回来，递上九块钱，拿走一条。"欢迎再来！"尚智满意地目送着顾客走远，当他把目光收回的时候，中途却又让它们拐向了苇儿嫂，她坐在自己的小摊子后面，边绣着东西边等着顾客。他定定地望了望她，她的眼皮儿有些肿，是的，有些肿，不像是因为没休息好而肿的，嫂子，你一定又哭了，你还有孩子，孩子还有奶奶，你该保重自己的身子。我压了灯笼裤和红兜肚的价可能会影响你的生意，不过你不要怕，你以后可以到我的缝纫社里去，我给你工资，而且，假若你同意，我可以帮你照顾孩子。

他猛地摇了一下头，不让自己想下去。

他的脸突然间红了。

"朋友们，同志们，这里保存的是武家镇自宋代以来出的卫国义士们的塑像……"一个听上去颇舒服的银铃般的声音从祠堂大院里飘来。尚智知道，这是解说员在向游客们讲解大堂里的那些塑像。

大堂里的塑像尚智看过多次。正中间塑的是岳飞的像，岳飞身着战袍、手按剑柄站在那里，一脸庄严，一身威仪。塑像两边写着字，一边是：靖康耻，犹未雪；另一边是：臣子恨，何时灭。紧挨岳飞的右边，是明朝的戍边小将靳青河的塑像，青河是武家镇人，明初从军，后率兵西征，战死在西域。青河持戈雄立，一看就知是一员骁将。塑像两边也有对联一副，一边是：拍马挥戈戍西界；另一边是：房骑闻之胆魄慑。紧挨岳飞的左边，是清朝的戍边壮士陈横的塑像，陈横生在武家镇，后随父南行做生意时从军，在广州虎门关天培部下当一名炮手，当英军进攻虎门炮台时，他手抱肠子开完最后一炮。塑像两边写着：国人之子，武家之后。接下来，是武家镇抗日游击队长冯一海和十一个队员的塑像，还有抗美援朝时武家镇出去的七名志愿军的塑像。最后一名塑像就是苇儿嫂的男人——抱枪而立的定坤哥，定坤哥一九七九年当兵，年初战死在南疆。他的塑像两边写着：祖辈血染战袍，后代捐躯边疆。

"尚智，你这生意是越做越大了。"一个沙哑的声音撞进耳朵，与此同时，腰上被人用棍戳了一下，有些疼。正在卖货的尚智愠怒地扭头一看，是朝顺爷。朝顺爷是这镇上辈分最高的老人，且又诸样武功都懂，是全镇的权威，尚智只得收起脸上的怒意，朝对方不自然地笑笑。在朝顺爷的身后，站着七爷和新富爷。又是这几个老头！尚智在心里闷闷地叫。每天都是这样，这几个老头搭帮结伙，各拄一根拐杖，在这武家祠堂门前来回转悠，也不知道转悠什么，东西又不买，老在人家的摊子前问这说那，嘻！烦！

"听说你卖的东西压过了你四婶、郭灶叔他们，行，小子，好好干！"朝顺爷却没理会尚智的心境，依旧絮絮地说，"可是你要记住，"朝顺爷的拐杖又在他的腰里戳了一下，"对面你苇儿嫂你可要记着照顾！"

这还用你说?!尚智在心里叫了一句。他不满意朝顺爷总用拐杖戳自己的腰，他觉着这种不尊重人的行为让顾客看见，会减轻他在他们心中的分量。卖主在顾客心中的分量颇为紧要，它能对顾客的购买计划起微妙的影响。也就因此，尚智连自己的服饰打扮都极注意：西装，后拢头，且抹了一点"丽都"牌发油。"只要我的生意做大了，谁都可以照顾！"他扭头说完这句，就急忙去招呼顾客，不再搭理对方，他听见老人的拐杖在向远处响。

摊子前的几批顾客打发走之后，尚智的目光得了空闲，就又不自主地投向苇儿嫂那边。苇儿嫂正含笑对着摊子前的一个顾客说着什么。尚智觉得，苇儿嫂笑起来特别好看，就是眉梢那么一扬，嘴角轻轻一牵，腮边的两个窝儿一闪，让人看了心里像刮过一阵极柔的风，真舒坦。有人说，凡吸引人的女子都有一个特点：恬静。苇儿嫂的笑里大约就带了这种成分。尚智还在上中学时就爱看苇儿嫂笑，那时她还没有和定坤哥结婚，尚智叫她苇儿姐，她比尚智高三个年级，是学校的学生会主席，有时开学生大会时，她就上台讲话，讲话前总是那么微微一笑，笑得好多正在说话的男生就闭了嘴。后来她毕业了，还在上学的他见她的机会就少了，忽然有一天，听说她和当兵的定坤哥订了婚。又隔了一段时间，就听说她要和定坤哥结婚了，他们结婚闹新房的那晚，尚智去了，去的路上，他心里不知怎么地竟生出一缕不舒服，他自己也不明白为什么不舒服。

但到了新房里,看到她站在魁梧的一身戎装的定坤哥身边甜笑时,他也就笑了,那缕不舒服不知不觉间便也飘走了。怎么也不会想到,定坤哥竟会又离开了她。

苇儿嫂含笑接待的那个顾客向这边走来,尚智看见,那人没买苇儿嫂的东西,苇儿嫂脸上的笑容在慢慢消去。尚智的心里突然有些难受,也许,我不该压价的。可不压价,缝纫社里已做了那么多的产品,价格偏离价值太多就会滞销。是不是今后可以不再做绣花红兜肚和灯笼裤?但这两样货物又明明有销路!苇儿嫂,你别着急,你晚点可以去我的缝纫社里……

"杀——!"蓦地,一阵喊声骤然划过树梢,惊得身边树上的几只雀儿呼一下飞起,在空中撒下一串受了惊吓的啁啾。尚智没有扭头,他知道,这是二堂里的"武士"们又在表演武术。

二堂原先叫习武堂,镇上的儿童和青年,过去常在此堂里由老人们教授武艺。后来武家祠堂变成游览点后,镇上就挑了二十四个会武艺和当过兵的精壮青年,在此堂里轮流向游人们作武术表演。既表演古代的单人拳术,也表演现代的单兵战术;既表演古代的双人徒手斗拳,也表演现代的双人手枪对射,当然打的是橡皮弹;既表演古时的三人一线向敌冲锋,也表演现时的三人交替跃进接敌;既表演古代的四人刀剑对劈与对刺,也表演今天的四人捕俘与拒捕。此外,还有古代的梅花阵阵法展示和"伍"进攻动作表演,这是游人们情绪最高的地方，好多宛城里的年轻人来此游览，其实就专为看这个项目。

"来一条灯笼裤！"又一个顾客在摊子前叫。尚智亲切地应声，热情地介绍，麻利地收钱、送货。

日头终于爬上天顶，懒懒地站那里向下看，看得尚智有些冒汗。卖豆腐的景宽还在那边喊："日头当顶称豆腐，是男是女都会富，来哟——"

一个上午，仅灯笼裤就卖出三十一条，按每条二元二的盈利，还真可以！尚智高兴地一拍腿，但当他抬头看见苇儿嫂时，刚才的那欢喜又慢慢消去。她的摊子前依旧十分冷清，她一个上午好像还没卖出一件。他知道她不能像他一样降价，她那些货物大部分都是靠手工做，几天做一件，价格再一低，就赚不了钱了。他看见有一层沮丧罩上了她的脸，是的，是沮丧，他的心一动，有一刹那，他几乎就要做出再把价钱提起来的决定，但是一想到他心中的那个远景，那决心就又碎了。

梆！屁股上突然被人用棍子敲了一下，敲得很重，很疼，还有些响声，他恼火地转过身子，他虽然看清是朝顺爷，也还是很不高兴地叫："干什么？"

"干什么？"朝顺爷的脸色也有些难看，"你还叫不叫别人干了？"说着，用拐杖朝苇儿嫂那边指了一下。

"你少管吧，这是做生意！"尚智话音极干脆。他知道对方话中的意思，倘若对方刚才不用拐杖当着顾客的面敲他一下，他不会用这种口气回答，他可能会做个说明。但是现在，他心里有气,他要维护自己的尊严,何况有几个顾客正在朝他看了。

他感觉到朝顺爷在他的后边站了很长时间,但他故意不再回头,直到听见他的脚步声走远之后,他才扭头看了一眼,他注意到老人的脖子梗得很直。

一缕掺在风中的香味在弥漫,尚智深吸了一口,辨出这是祠堂院里三堂门前那尊香炉里插的棒香的味道。每天清早,祠堂里的管理人员都要在那尊香炉里插上棒香,为的是让进三门的游客们知道兵家读兵书的规矩:焚香而读。三堂里放的全是兵书,是武家镇人数代从各处搜集来的,历朝历代、各种版本的兵书和记载有兵家之事的书籍《孙子兵法》《孙膑兵法》《左传》《广名将传》《三十六计》《三国志》《汉晋春秋》《资治通鉴》《三韬》等,兵书一律置放在条案上,一案一本,进了三堂的人都可以坐下静静读书。过去,武家镇的年轻人,就是常在这间房里听老辈人讲兵说阵的,尚智小时候也进去听过,听不懂,就跑出来到二堂摸一把刀,在门口抡。

日头斜过头顶不久,几缕云就扑上去,缠了它,于是,人们便感到了一股挺舒服的凉意。但尚智却依旧满头大汗,一批又一批的顾客拥到他的摊前,看货、问价、交钱,以致妹妹送来的那一大碗面条,都已经放得无一丝热气。每天的这个时候,游客们都要在祠堂前边吃饭歇息边买些中意的东西。

当尚智终于得了空端起面条碗时,瞥见苇儿嫂的摊子前依旧十分冷清,而且,他分明地看见,苇儿嫂在用手背抹眼,尚智的心一紧,上唇上的那片茸毛开始轻微地抖动:嫂子,你总不是因为货卖不出去在伤心吧?他觉着刚才折磨他的那股饥饿感在慢慢消失,胃里像是一下子塞满了东西。你不该压价!可我的缝纫社里已做了那么多东西?你少赚点钱有什么了不起?!那么那个远景怎么办?兵家徽记服装、兵家纪念品和兵器玩具生产贸易中心还办不办?办不办?办不办?

两三根柔长的面条滑出尚智手中的碗沿,在随风晃动,晃呀,晃呀,终于无声地断掉,坠了下去。

嗵!突然地,尚智觉着腰上又被人敲了一下,一阵疼痛迅速传到了中枢神经,正凝神站那里的尚智手一晃,面条碗险些落地。他猛地扭过脸来,恼怒至极地看着朝顺爷,竭力抑制着怒气问:"又怎么了?"

"提上去!"朝顺爷的口气是命令式的,而且他身后的七爷和新富爷花白的眉毛也都在拧着。

"提什么?"恼怒中的尚智一怔。

"你那些东西还卖昨天的价!"朝顺爷一字一顿地说。

尚智身子一个激灵,明白了。但随之就有一股更大的怒气涌上心头:你们竟这样放肆地来干涉我的生意,我偏不!"请不要干涉我做生意!"他冷冷地扔下一句,就把脖子拧过去。

"你不要仗着你有绣花机!"朝顺爷的声音嘎哑、粗重,且夹了几分怒气。

"有了你能怎么着？"尚智放下碗，把手叉在腰上，咖啡色的西装衣襟被风撩起，一扇一扇。

他看到朝顺爷那瘦骨嶙峋的肋部大幅度地起伏，许久没有发出声音。

他扭过了脸，再不向朝顺爷和那几个老人看，他只听到几支拐杖捣地的声音在向四周飘散。

他舒一口气，极痛快地！

呜——！一声响，音调洪亮、悠长。尚智知道，这是有游客在吹那个牛角号。在三堂的后边，有一个高高的哨台，哨台上就有这把据说是明朝军中用物的牛角号。这号角新中国成立前一直是全镇上集合的信号。过去，哨台上整日有人值班，一旦有战事，号角一响，全镇的人有刀拿刀，有戈持戈，一律到祠堂大院里集合，听从族长的指挥和调遣。据说，民国三十二年年初，一队日军由宛城过来，想在武家镇显一显东洋武威，就是这号角把武家镇所有能上阵的人全都集合起来，由当时的族长指挥，采用七点桑叶阵法进行伏击，使我拎刀挥戈的镇上人突然出现在鬼子面前，让他们的三八大盖失去威力，不得不和我拼刺刀，而他们的刀法还是从我们这儿传去的，因此，拼到最后，一个个便全被镇上人剁了。

日头又偏下去许多，射来的光线已显不出热，景宽的叫法也已经变了："日头偏西称豆腐，子也富来孙也富，来哟——"

开回宛城的第一批旅游车虽已经启动，但广场上的游客依旧不少，尚智的摊子前仍然围满了人，他慢慢又变得亢奋起来，把刚才的那阵不快完全丢开，一心投进了生意中。

就在他含笑抬头给顾客递货的当儿，他突然瞥见，苇儿嫂已推起她的小货车向家走了。这么早就收摊？是不是生我的气了？有一刹那，他真想停下售货奔过去，向苇儿嫂做番解释，把他心中的那个远景说给她，把自己要干的那番事业告诉她，她也许会原谅，也许会笑笑。但他到底还是抑制住了自己，苇儿嫂是这镇上最漂亮的女人，又正在守寡，自己主动跑上去同她说话，说不定会让人生出什么猜疑，罢。

他望着苇儿嫂慢慢推车走远，他看见朝顺爷和那几个老人拦住她在同她说着话，他很想听听他们说些什么，但离得已经太远了。

直到最后一批游客离开他的摊子登上旅游车之后，尚智才伸了伸腰，舒了一下臂。该收摊子了，日头将要坠地，镇上人家做晚饭的烟缕已经升起，归宿的鸟儿已开始向祠堂院里的树上飞。

他推着售货车缓缓往回走，尽管他年轻，浑身都是力，但站了一天，终也有些累，车推到家他刚接过妹妹递来的水杯，却忽听当当当当从祠堂院里传出一阵急促闷重的钟声。

鸡、鸭、鹅、狗同时被惊得叫了起来，黄昏时分的镇子被这钟声搅动。

尚智一怔。

挂在祠堂院里老榆树上的那口大铁钟，这几年难得一响。早先，那钟是专为召集族人开会议事用的，如今，只在每年的阴历三月十八响一次，召集镇上人去祠里祭祀。三月十八这天，只要钟声一响，镇上人凡在家的，都要到祠中来，男女老少在大堂门口站定，向着满堂的塑像，在镇上最老的老人指挥下，一齐三鞠躬，躬鞠罢，便解散，有带棒香的，就插在临时设在大堂左侧的香炉里，有带纸钱的，就在大堂门外右侧的盆子里焚烧，有带供香馍和酒菜的，就在门前预先备下的长条案上摆开。

眼下三月十八早已过去，敲钟干什么？

尚智正在诧异，就听门外传来镇上武功最好的旺才叔的声音："尚智，喊上你爹，咱们一起走吧。"

"上哪里？"尚智有些意外。平时他和旺才叔很少打交道。

"祠堂。"对方的话极干脆。

"噢，听到钟声我们也正说去哩。"尚智爹这时就急忙走出来。尚智随在爹的身后，不甚情愿地走，在镇上，钟声是令，不去不成。他以为旺才叔是从他家门外过时顺便喊他们一句。

当尚智父子和旺才叔走进祠堂大院的时候，只见大院里已黑压压站满了人。尚智原想就站在人群后面听听，不料旺才叔喊了一声：闪一下。众人回头一看，立时闪开一道缝，让他们径直走到了大堂门前的石阶旁。尚智正暗自诧异大家何以自动为他们闪路，却已听站在石阶上的朝顺爷威严地咳了一下，低沉地说："来，我们一起向镇上的义士们鞠躬！"说罢，先转身向大堂里的塑像鞠了一躬，于是众人也都弯腰，尚智顿时感到，一种肃穆庄严的气氛在暮色中漫开。

"今天惊动大家来，是想说一件事。大伙都晓得，照顾镇上为国战死的义士们的家人，是我们祖辈子就传下来的规矩，可是到了今日，这规矩竟然被人坏了！"朝顺爷说到这里，尚智身子一震，突然意识到了什么。

"你们都知道，"朝顺爷的声音又低沉地响了，"苇儿的男人定坤，是为国战死的，她在祠堂前做个小生意维持家用，可镇上的尚智，身为男子汉，竟不听劝阻，执意压价捣乱，使她的生意做不成，大伙说这事该咋办？"

尚智震惊地瞪大了眼。他此刻才完全明白，今天的敲钟是为了什么，才明白了旺才叔何以去喊自己。在一瞬间的震惊过去之后，他觉到了一股强烈的气愤在胸中聚：我做生意，愿怎么做就怎么做，用得着你们管？！他刚要开口抗议，人群中已响起了声音："按老章法办！"

"对，按老章法办！"更多的人在附和。

尚智看见爹先是吃惊地朝自己看，又慢慢在目光中掺了恨和悔。

"我做生意压自己东西的价有什么错？"尚智怒极地叫一句。

"不，不能怨尚智。"人群中突然传出苇儿嫂的带了呜咽的声音。她边说边往前挤，但朝顺爷手一挥，两个妇女拉住了她。

"跪下！"他听到自己的爹喝了一声，但他没有理睬，他又转身向人群喊了一句："我没有错！"可他没有从人们的眼里看到一丝同情，却只看到了一种冷极了的轻蔑，这轻蔑立时变成一种威压，使尚智心里感到了一种真正的害怕。扑通！他看到自己的爹爹面朝那一列塑像蓦然跪下，抖抖地说："各位义士，定坤侄子，我尚某无德，养出不义之子，赔礼了，赔礼了！"老人说罢，啪，啪，抬手连打了自己两个耳光。

"不，不，我不怪尚智，不怪尚智家大伯，定坤也不会怪，不会怪……"苇儿嫂边哭边说。

尚智呆了似的看着他从未料到的一幕，一股巨大的委屈把泪水带出了眼眶。泪眼迷蒙中，他看到爹爹转向自己哑声说："还不给我跪下！"

声音中带了哀求，浸着泪，尚智猛地闭了眼，让双膝弯下去，弯下去……

每天，当苇儿嫂摆好自己的摊子之后，总要向尚智当初摆摊子的地方望望，然而，那地方一直空着。

听人说，尚智进了宛城，在那儿的建筑队里给人家当临时工。

苇儿嫂常常定定地望着那空了的地方。

后来，已经决定不做生意的四婶和郭灶叔他们，又都把摊子摆了出来。

朝顺爷和镇上的人们,每当看到苇儿嫂在那里安安静静地摆摊子时,就十分满意地笑笑。

祠堂依旧巍峨地立着,而且游客,也日渐多了……

明宫女

之一：父亲

知府林清如大人批阅完一摞公文，正坐椅上闭目养神，忽有一阵焦慌的脚步声由堂外传来，睁开眼时，看见汪司马已忙不迭地迈进了大堂门槛，一脸惊色地叫：大人，快，快！

何事值当这样？慢慢说！林大人皱了皱眉头，不悦地用中指弹了一下书案。

朝廷后宫的韩志彤突来南阳！

啥？林大人霍地站了起来，他知道韩志彤是当今朝廷后宫的当红宦官，他怎么会来南阳？这儿离京城可是有两千里之遥！

他领的一干人乘坐的三辆马车已到了府前。

老天！还不赶快将他们迎进府衙？！他瞪了一眼汪司马，

慌忙离座整衣向门口走去，脚迈门槛时又扭回头低声问汪司马：你揣度一下他突来南阳的缘由？

既然道台大人预先未得通报，想他可能只是路过，或许是为朝廷南下湖广办理有关事务路经咱府，顺道来府衙作一礼节性拜会？

再想一想！林大人拍了拍自己的额头。

也有可能是为了什么和咱南阳有关的事……汪司马沉吟着。

咱南阳和后宫能有啥？

要不先迎进来再说？

对对。林大人急步迈出大堂。但愿没有太大的麻烦，这些宦官咱可是惹不起呀！

接罢韩志彤带来的那道密旨之后，林大人才松了一口气，才将隐在眼里的惊慌一点一点抹去。

原来只是为了选拔五个宫女。

看来当今的圣上知道南阳盆地气候温润水土宜人，是出美女的地方。过去的皇上选美，大都把目光盯在吴越一带，在僻远的南阳地面选拔宫女，这还是第一次吧？

林大人生出一阵被赏识的兴奋。在这个偏远的地方任职，很少有直接为朝廷效力的机会，如今这机会总算来了。我理应做得让朝廷满意。

他安排韩志彤一行到馆舍休息后，便急召汪司马和秦通判到后堂商议如何办理此事。韩志彤说此事办理的期限是六天，六天后，他就要带上选好的五名十六岁的宫女向京都回返。六天选出五名长得好的姑娘应该没有问题。两位下属胸有成竹地表态。咱南阳地界美女如云，随便挑几个都能令韩大人满意。林大人警告两个下属道：选择宫女的标准一向严格，尔等一定要从细处考虑，万不可误了韩大人的行期。三个人最后商定，按百里挑一的办法办理，先令十个县在两天内务必选出五十名美女送到府里，而后再由汪司马会同韩大人从这五百名中选出五人。记住，年龄都在十六岁！林大人最后向二人叮嘱。

部署完这件事，林大人舒了一口气，开始向内院走去。中午要设宴款待韩志彤一行，这会儿离正午还有一段时间，他想回内院换换衣服稍做歇息，顺便把这个意外的为朝廷后宫选美的消息说给夫人。他想夫人听了这个消息一定和他一样高兴，毕竟这是一个为朝廷尽忠的机会。

走进内宅大门，林大人头一眼看见的是女儿舒韵。舒韵正翩然从暖阁上下来，手里拿着绣花绷子，想必头晌又在忙着什么绣品。父亲，今儿个下堂挺早哇。女儿向他打着招呼。他蔼然地应了一声，在几个女儿中，他最钟爱的是这个长得清秀又十分聪慧的舒韵。——你妈妈呢？——她在厨房里帮刘妈她们忙碌，妈说要给我蒸一个捏有十六朵花的豆糕。

十六朵花？为何偏要捏十六朵花？林大人笑望着女儿。

我今天十六岁了呀，你忘了今天是我的生日？

哦？噢。林大人拍了拍自己的额头，我忙公事忙得昏了头，把这事都忘了。十六岁，你可都十六岁了？他注意地看了一眼女儿，发现女儿果然已经长成了一个标致的大姑娘。十六岁就已经到了出嫁的年龄，这回朝廷选美的头一个标准，不就是十六岁吗？我怎么想到了这儿？他急忙摇头，把脑子里正想着的东西摇到角落里去。

他走进卧室时，夫人已经赶了过来。他于是向她说了韩大人来选美的事，他原以为她会像自己一样高兴，不料她听后竟叹了一句：天爷爷，造孽呀！他闻言惊喝道：你胡说什么？这样的事怎能说成是造孽？！——咋能不叫造孽？好端端的闺女，本该成家生儿育女的，却要去宫里头空熬着岁月……

住嘴！他拍了一下桌子，怒视着夫人，这话传出去要治罪的！你身为朝廷命官的夫人，怎敢信口……

父亲，你在说什么呢？舒韵这当儿走了进来，笑眼笑眉地问。

没、没说啥。他也努力地笑了一下。

为了感谢你和妈妈把我养到十六岁，我今天要各送你和妈妈一件礼物！

嗬，啥礼物？

你们两个都闭上眼睛！

对女儿的话他一向乐意顺从，于是笑着合上眼帘，他感觉到有一个轻飘而柔软的东西落到了手上，睁眼看时，才见女儿给自己的是一方洁白的揩汗的帕子，给妻子的是一条包头的绸巾。女儿给自己的帕子上绣着一座宫殿的图案，那图案绣得极其精致。

怎么想起绣宫殿了？他有些诧异。

你不是说过，做官要做到宰相，那才叫男人的成功吗？我绣这图案，就是祝愿你能走向皇宫……

哦，哦。他急忙摆手：不可乱说，不可乱说！但笑容却已经溢满了脸孔。看来知我者，舒韵也。都说知女莫如母，看来知父也莫如女呀！我是有在仕途上再作进取的信心，是有不当宰辅不罢休的雄心，但如今看，朝中无人提携，要登上那样的高位是不可能的。罢，罢，我还是安于这知府之位吧……

当天后响，选美的通知已派人飞马送往各县。晚饭后，林大人正在散步，下人通报说南阳县方知县求见，这让他一怔：这个时辰来见我是有急事？他走进内宅客厅时，那位姓方的知县急忙起身施礼道：林大人，这个时辰来打扰你很是抱歉，实在是因为……

坐下说吧。他朝方知县指了指椅子，他一向对属官们比较客气。

是这样，接到朝廷要在咱南阳地界选拔宫女的大函后，卑职十分高兴，除了保证完成府衙规定的选拔数字之外，为了表达下官的忠心，还特别愿意奉上小女芽芽以供挑选，倘大人能够开恩向上边鼎力举荐吾家小女使其入选，卑职愿肝脑涂地以报……

哦？林大人站了起来，有几分意外地看着对方，还真有人心甘情愿把自己的女儿送去当宫女？！而且还是一个知县？！对于在南阳地面选拔宫女，他是高兴，但那只是一种能为朝廷效力的高兴，在他的内心深处，他是知道这件事对于有适龄闺女的人家，未必是一种好事。他原来只估计到会有做父母的对这件事暗中抵触，没想到竟有做父亲的前来恳求。

万望大人开恩相助！方知县又起身施礼。

好吧，我会尽力。他缓缓点头……

送走方知县回到内室，夫人指给他看条案上摆着的一包银子，他才知道方知县还为此给他送了银子。唉，他倒是真心想把女儿送进宫哩！

这个姓方的心术不正！夫人突然开口。

嗯？他不高兴地瞪了一眼妻子。人家这是忠义之举，怎能……

啥子忠义之举？无非是想借此找一个攀附皇上的机会！

攀附皇上？林大人笑了，瞎说什么？这不是选拔皇后、皇妃，这只是选拔宫女，即使真让方知县的女儿去当了宫女，皇宫里宫女成千，哪有可能就与皇上扯上关系？

皇妃还不是皇上从宫女中挑的？姓方的就是在做这个梦，他梦想他的闺女当了宫女后能被皇上挑选为妃，然后他好借此飞黄腾达，他的闺女芽芽我见过，长得是很漂亮，保不准皇上看见了真能动心。

哦？林大人瞪大了眼睛，夫人的分析令他心中一沉，他过去显然没想这么深。

准备歇息吧，我叫丫鬟送热水来给你烫烫脚。

等等。他叫住妻子。你说方知县的闺女比咱舒韵长得还入眼？

那倒不见得，不过那芽芽姑娘长得是很媚人。烫烫脚睡吧？

林大人心不在焉地把头点点……

那天晚上林大人上床后睡意迟迟不来，一闭上眼睛，就看见了皇宫，看见了当今皇上朱瞻基乘着御辇向后宫走去，看见成群的宫女分站在御辇经过的甬道两边，突然，御辇停下，皇上手指着一位宫女问：你是……？回皇上，俺叫方芽芽，河南南阳人，刚入宫。——噢，我说怎么是头一回见你哩，真乃佳人一个。来人呀，让方芽芽去乾清宫，我要封她为妃。

林大人在枕上晃了晃头，把脑中的想象赶走。当那些幻想出的场景隐匿之后，他的思绪却仍在继续：倘若让方芽芽去当了宫女，保不准日后就真有可能出现刚才想象的那一幕；而一旦方芽芽真当上了妃子，那方知县势必会很快升迁，也许会挤走我当上知府，也许会当了道台成为我的上司，也许会成为一品大员权倾朝野，不是不可能，不是不可能啊！那么说这次选拔宫女倒真是一个重要机会了？应该紧紧抓住？不应该犹犹豫豫？怎么抓住？让自己亲戚中的一位姑娘也去应选当宫女？行倒是行，只是自己的三亲六戚中哪有符合选美条件的姑娘？真正符合选美条件而且有可能在日后被皇上注意的姑娘还只有舒韵了。一想到让舒韵去当宫女，他的身子就哆嗦了一下。不，不。可哪个姑娘最后不出嫁？舒韵最终是要当别人家的媳妇的，倘你的女儿因为当上宫女有了接近皇上的机会最后被皇上封为妃子，那可是你林家的荣耀啊！要比嫁一个普通官宦人家强多少倍？再说，你也年近五十，在仕途上发展的机会不会很多了，不应该丢掉这个机会！人家方知县都敢这样做，你为何下不了决心？那么就这样定了？定了吧……

第二天早上，约莫女儿起床洗漱梳妆完毕之后，他走到院中叫道：舒韵，陪我去花园散步吧。舒韵听见，应了一声，鸟一样地飞到了父亲身边。

这在他是一次艰难的谈话，他一时不知如何开口，父女俩在朝霞染红的后花园里走了两圈，他还没有寻找好出口的词句。

父亲，你今天早晨好像有什么心事？舒韵后来停了步说。

哦，不，没。林大人急忙掩饰地笑笑。

是不是为选拔宫女的事？我听说城中已把这事传得沸沸扬扬。

嗯，有一点。他没想到女儿先说上了这个话题。

说是城中有些人家害怕自己的女儿被选上，慌得要把女儿往乡下送，其实当宫女有啥害怕的？能住进皇宫，能看见朝廷，那是多荣耀的事情！

你真是这样想？

当然！

要是让你去当宫女，你愿意？

我当然愿意，只要你让我去。

真的？

我啥时候骗过你了？

那好，既然你有这个愿望，父亲愿意成全你，父亲希望你不仅能当上宫女，而且要进了宫后还能得到皇上的看重。

父亲，你此话可是——当真？

当真！他为如此顺利地说出自己的心里话而舒了一口气。舒韵意外地看着父亲……

之二：女儿

舒韵随着那几百名姑娘排成长队向府衙一侧的驿馆走去时，心里充溢着一股欢喜。她自小受父亲溺爱，在家里少受管束，养成了一种胆大开朗的脾性；长大后又读了各种书籍，对外部世界早生了一种向往，所以父亲这次允许她参加宫女选拔她十分兴奋。如果真能被选上，到京城，进皇宫，见皇帝，轰轰烈烈，也算不枉活了这一生。其实她刚一听下人们说到朝廷派人来选美的事，就生出来应选的心，只是怕父母不答应，她才没敢开口，没想到父亲倒开通，主动应允她来应选，还真有点出她意外。父亲到底不同于常人，眼界开，敢放我出来闯一闯这个世界。想想那么多姑娘都被父母关在闺房里，活着有什么意思？

——各位姑娘，请站好，听韩大人教诲。汪司马这当儿站在驿馆院里的一张椅子上喊。

舒韵的目光掠过汪司马，落在了站在一旁的韩志彤身上。原来宦官就是这个样子，白白胖胖不长胡子，举手投足有点女人模样。舒韵有些好奇地看着那个老人。父亲原来告诉舒韵，如果她真下了当宫女的决心，他出面去求韩志彤径直把她带走，她不必像一般民女那样去经过一道道的挑选程序，但舒韵不同意，她说她乐意去经过那一道道挑选程序，她认为那会非常有趣。她不让父亲去求韩志彤，也因为她对自己充满了自信，她相信凭自己的容貌完全可以被选上，她想借这个机会检验一下自己有没有引起外人注意的能力和魅力。——在她的内心深处，她也早生了一种隐秘的欲望，当了宫女之后，争取能吸引皇帝对自己的注意，从而被挑选为妃。那天武侯祠前的那个算卦先生不是说我的命里有大吉大贵？！

——尔等切记，本朝挑选宫女的头一条规矩，是出生于良家，所谓良家，即非医，非巫，非商贾和百工，尔等中若有不是良家出身的，请即退出馆门，不然日后查出，定当严办。韩志彤慢腾腾地开口，舒韵注意到，他说话的声音中带了点女腔。

没有人走出馆门。舒韵看了看门口，这么说各县在挑选这些姑娘时都注意了这条标准。

——请排成单列，慢慢从韩大人面前走过。汪司马在指挥着这一大群姑娘。凡经韩大人指点的，请即走出馆门；未被指点的，请到一侧稍候。

舒韵一边随着队伍向前移动，一边好奇地注视着韩志彤的那只不停指点的左手，他指点的标准是什么？到走近时她才听清，原来他边指点边在口中说道：太高！……太低！……太胖！……太瘦！噢，原来是依据身高和体重在作第一遍筛选。

轮到舒韵时他的指头没动。

我相信他也不会动指头，我要连这头一关都过不去那岂不成了笑话？

这一遍筛下去二百人。

接下来让留下来的三百人每二十人列成一排，每排间隔三步，然后由韩大人领着他带来的一班人逐排挨个谛视耳、目、口、鼻、发、项、肩、背，凡不合法相者令其出列。舒韵好奇地注视着韩大人的举动，为这筛选的细致感到惊异。当那一行人走到自己面前时，她注意到那姓韩的目光分明地一亮，盯视她足有一袋烟工夫，而后满意地点了点头。

舒韵松了口气,这一关又过了。

这一遍又筛下去二百二十人。

后晌,留下的八十人又奉命排成一队,依次走到坐在一把靠椅上的韩志彤面前,自诵籍贯、姓氏、年岁。舒韵注意到,这是在检视姑娘们的声音是否好听,凡稍雄、稍粗、稍浊、稍吃者都被剔出。老天哪,选得竟如此细致!不过舒韵依旧胸有成竹,自信自己的声音清脆、悦耳,轮到自己时,不慌不忙诵出规定的内容,果然那半闭了眼睛倾听的韩志彤闻声睁开眼,认真地看了她一阵,点点头说:好。

这一遍又筛去四十人。

第一天的挑选至此结束。舒韵回到后宅自己的卧室时,暮色都已经漫了上来。她刚在椅子上坐下歇息,妈妈就满脸愠色地走了进来,瞪了眼在她面前站下,却不语。舒韵笑了,说:妈,你还在生气?我今天已顺利地过了三关,你该为我高兴才是。南阳地面上五百名经过挑选的姑娘中,只有四十名过了这三关,而我是其中之一,这表明你生的是一个漂亮闺女!

我不听你瞎扯!当妈的依然一脸怒气,你知道当宫女是要离开家要吃苦的吗?

知道,妈。可我就是不当宫女,早晚也要出嫁离开家的呀!我知道当宫女是要吃苦,可也有可能享福呀,一旦让皇上看中,被封了妃,啥样的荣华富贵不能享?到时候说不定你也要进宫去享福哩。

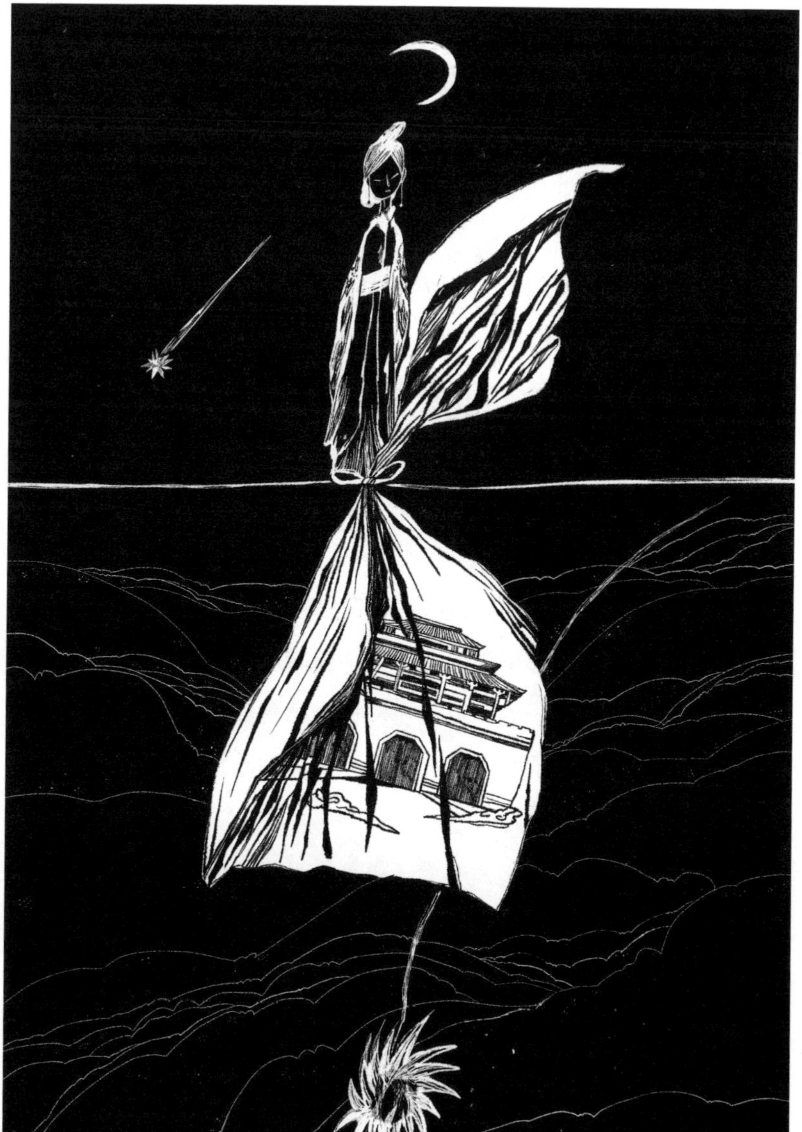

都是听你父亲瞎说,封妃能那样容易?

我相信,凭你和父亲传给我的这副相貌,加上我的智慧,只要我进了宫,我就会让皇上迷……

你还敢乱说?!母亲吓得急忙捂了女儿的嘴。

第二天头晌,四十名候选姑娘在昨日的选场列队站好时,几个韩志彤带来的内监,各持一把尺子,开始为每人量手和脚的大小,凡手指太短、手形太大,脚趾太长、脚形太大的,再次被剔出去。

这一关又筛去十五人。

舒韵照样顺利被选。

接下来,舒韵和其余入选的二十四名女子,被领入驿馆内一间大房子,房子里已铺上红布,韩志彤让每个人都脱了鞋袜,轮流在室内走一圈,他站在一侧仔细观察,步态不稳、抬落脚急躁、双胯扭动难看的九名女子再被剔除。舒韵走得袅娜好看,自然仍在入选之列。

最后一关到了。十六名女子被韩志彤带来的两名老年宫娥领进一间窗门皆闭且蒙上了黑布的屋子,宫娥让每个人都脱光衣服,说要进行三摸两闻。舒韵听罢吓了一跳,忙低了声问啥叫三摸两闻,那其中一个宫娥说,"三摸"就是一摸两个奶子,奶头的大小和形状,奶子和奶头太小、形状古怪的,不选;二摸周身肌肤,皮肤上有疤痕和粗糙的,不选;三摸阴户和处女膜，阴户外形古怪、无阴毛和处女膜破开的，不选。"两闻"是闻口中呼吸的气味和腋下的汗味，有臭气的，不选。舒韵听罢，一种受辱感从心中陡然升起。长这么大，谁敢这样待我？今日竟要让这老宫娥摸遍全身了。当老宫娥的一双手在身上肆意游弋并在她的双腿间盘桓时，要不是有走进皇宫这个愿望在压迫着，她是真想挥掌朝老宫娥的脸上打去的。

一切顺利，舒韵和另外六名姑娘通过了这最后一关，方知县的女儿在这最后一关被挑剔出去了。

看来我真要走进皇宫了！自信的舒韵高兴地走出那间门窗紧闭的屋子。

韩大人等在外边。他让入选的舒韵和另外六名美女在他面前站成一排，不带任何表情地默然看了一遍，而后缓缓开口。祝贺你们顺利通过挑选，皇上也会为你们的忠心感到高兴的；遗憾的是，我这次来只能带五人回宫，而你们是七个人入选，这样，我还要再留下两位。说完，他的目光在其中一位姑娘身上停下，淡了声说：你，退下吧。那姑娘闻言，默然退下；随后，他把目光转向了舒韵，舒韵的心一紧，莫非……

林舒韵，你，也退下吧。

——不，舒韵意外地惊叫了一声。

说心里话，你长得很美，我也真心想把你带走，只是后宫选秀，一般不选现职官员的女儿，我也是刚刚知道你是林知府的千金，请多谅解。

231

不。舒韵捂上了脸孔……

烛光在从窗隙飘进来的夜风中左右摇动，舒韵就在这晃动的烛光里望着父亲的脊背。

——我原来只想到方知县的女儿可能成为你入宫后的竞争对手，就预先给宫娥做了打点让她们在最后一关卡下了她，未料到韩志彤也会来卡你。其实他这次来我真是倾全力来接待他了，礼也已经送了不少，我真有点摸不住他的心思。

——父亲，如果我当初没有应选，不去也就罢了，现在既是应了选，而且满城人都知道了，这阵儿要是再走不成，肯定会让别人误以为我是没被选上，算不得漂亮，惹人家笑话。

——放心吧，孩子，我会再去找韩志彤，无非是再破费点钱财，我不信我就办不成这件事……

好消息是第二天午后来到舒韵的闺房的。林大人派一个下人送来一包东西，她打开一看，原来是一身绣有后宫字样的衣裳，衣裳上放着父亲手写的一个纸条：换好衣裳速到韩大人下榻的馆舍。舒韵顿时眉开眼笑，总算如愿以偿了。她迅速换好衣裳，到镜前整了装，急急向韩大人的下榻处走去。

舒韵向韩志彤施了礼后，看见他挥手让身边的人都退出了屋子，这才低了声说：孩子，我这会儿不以公人的身份，而以一个五十八岁老人的身份同你说话，我想告诉你我的一桩家事。我有一个侄女，她和你一样漂亮，如今已出嫁且生下一个儿子，他们一家三口过着很舒心的日子。我觉着你该学我侄女的样子，去成家，去当妈妈，而不必跟我走，有时人的选择很紧要，人偶尔掐灭自己心里的一个希望不一定就是坏事。我不知道你听明白我的话了没有？

舒韵一怔，忙慌慌地说：大人开恩，我愿意去当宫女，愿意跟你走，请一定……

那么好吧。韩大人点了点头，随即从怀里掏出一个袋子递到舒韵手上：这是你父亲送我的银子，请你务必退还给他，我会把你带走的，既然你一定要去。

大人，这……舒韵捧着那袋银子不知如何是好。

退给你父亲！韩大人言毕唤外边的人进来，随后面对舒韵和其余四个入选的姑娘说：我们后天早晨出发回京，你们待会儿就可以回家和家人团聚话别，明日晚饭前务必到此聚齐，谁误了时间，要按宫规处置！从现在起，你们就已经是后宫中的人了。在和家人话别时，我提醒你们三条：第一，不要吃不洁净的东西，以免坏了肚子无法按时起程；第二，不要从家里带许多东西，宫中什么都有，日用的东西到时候都会发给你们；第三，不准再和亲族范围之外的男人接触，以防发生意外。待一会儿你们回家时，府里会派人送你们并有专人保护……

当晚，林大人在府中为女儿舒韵设宴送行，舒韵和叔叔、姑姑及舅舅等几个最亲的人也同桌话别。由于林大人和舒韵的真心欢喜，几个来客也都是欢声笑语。叔叔说：舒韵，我们在家就等着你封妃的好消息。姑姑说：待你在宫中站稳脚跟后，帮你姑父一把，让他也把那个驿丞的职务换换。舅舅说：日后你要有了身份，能让皇帝再赐我一些田地最好，我这个人最爱和土地打交道。独有舒韵的妈妈愁眉不展，最后竟呜咽出声。舒韵见状笑道：妈，这是个高兴的时刻，为啥要哭？我相信我在宫中会有出头之日，事在人为，总有一天你会为我笑的……

　　舒韵和其余四个女伴随韩志彤起程那个早晨天飘着细雨。林大人领着汪司马和秦通判一批属官直送到城外驿道上。在和女儿最后告别的时刻，林大人附在舒韵的耳朵上说了一句：我已给韩大人说好，进宫后由他多给你提供接触皇上的机会。舒韵把头点点，而后上了马车朝父亲挥手。同车的女伴们望着在细雨中越来越远的南阳城，都流了眼泪，独有舒韵双眼直望着车子前方且一脸希冀。

　　车到京城是个黄昏。尽管连日的坐车赶路舒韵已筋疲力尽，但看见威武的都城城墙和箭楼在夕阳中出现时，舒韵还是快活地轻叫一声：到了！她新奇地望着宽阔的城门、石板砌就的街道和街两边鳞次栉比的店铺，望着在黄昏的街道上行走的人流。当车子驶近紫禁城，那一片金碧辉煌的宫殿出现在眼里时，舒韵因为激动而让泪水濡湿了眼睛。我到底见到你了，皇宫！从小就从书上读到过对你的描写，从画卷上看到过对你的描画，从父亲口里听到过对你的描述，今天，我终于要亲眼看到你的姿容了……

走进后宫时天已黑透，无数的灯盏把夜色推到远处。舒韵和四个女伴被领进一间亮灯的屋子，屋里有五张床，被告知每人一张，接着有人送来一点简单的饭食，大家吃了之后就相继睡下了。但舒韵却久久没有睡着，她侧耳倾听屋外的动静，整个后宫很静，只偶尔能听到一阵轻微的脚步声。皇帝大概已经睡下，我明天能见到他吗？见到他时他会注意到我吗？我明天该梳一个啥样的发式才算美丽别致，才能吸引皇帝的眼睛？……舒韵后来沉进一个梦中，在梦中她看见自己跪在一个金灿灿的大殿上，身穿龙袍的皇帝向她含笑走来，边走边叫：你就是舒韵？……

天亮后，舒韵第一个醒来，她穿好衣服后就走出屋门，她注意到这是一个小院，她刚想出院门四处走走看看，不妨院门外突然闪出一个太监拦住了她的去路，示意她的活动范围只在院内。她不高兴地退到院里，心想肯定是韩大人忘了给这个人交代，致使他敢限制她的行动。她盼着韩大人快来，快来领她们到宫中走走看看。

韩大人一连三天都没有出现。她们在这三天里只是吃饭、睡觉、聊天，再就是在小院里转转。

舒韵开始焦躁起来。这天后响，舒韵正百无聊赖、望眼欲穿地半倚在床上等待韩大人的到来，一阵哭声突然由远处传进屋里，那哭声越来越大，院外随即响起了人的奔跑声响。舒韵和几个女伴一齐侧耳倾听并交换着惊诧的眼色：出了什么事情？

傍晚时分，一个小太监来通知她们：皇帝驾崩，并给她们抱来了五套孝装。——啥叫驾崩？——就是死了。

舒韵惊直了眼睛。

老天哪，皇帝死了？他也会死?！他怎么在这个时候死?！谁当新的皇帝？

舒韵和四个姐妹在惊愕和不安中打发着日子。那些日子里每天都有哭声在院外远处响起，她们只能在院里屋里倾听着那时断时续的哭声，判断着那哭声出自什么人。

时间一天一天过去，舒韵已经有点记不清入宫有多少日子了。看来韩大人因为忙皇帝的丧事，把我们都给忘了。

有一天上午，舒韵和几个姐妹正坐在屋里闲说话，久违了的韩大人突然出现在她们的门口。她们几乎是同时起立叫了声：大人，你可来了！

韩大人面色冷峻默然无语地点了点头，而后朝身后的几个老年宫娥挥了挥手。她们这才看清，那几个老宫娥手里捧着几套色彩淡雅的服装和一些梳妆用品。——你们都立刻沐浴、更衣、梳妆，中午我请你们吃饭，饭后有大事！韩大人慢条斯理地开口。

大约是要带我们去见新皇帝吧？舒韵沐浴罢，一边在心里猜测一边去换衣服，新衣服换上后舒韵注意到，这些衣服不仅质地全为上等绸缎，而且式样特别美观入眼，八成是真要去见新皇帝了。

那天的午饭好丰盛,小太监们用托盘端来了一桌子菜,而且破例地给每个人倒了一小杯米酒。韩大人端起酒杯慢声慢气地说:你们进宫后,我因为各样杂事缠身,一直没来看望你们,今日特来敬你们一杯……席间,韩大人亲自用筷子给每个人夹菜,其殷勤与关爱之态,真像一位慈祥的父亲。舒韵望着韩大人的蔼然笑脸,心里生了一种感动。以后在宫中由韩大人照应,也真算自己有福气了。

吃罢饭,韩大人让舒韵她们五人漱了口,各人在口袋里装了一包喷香的香料,又最后帮她们每个人检查了一遍衣妆,这才说:走,咱们去办一件大事。

舒韵高兴地走在最前头。她越发相信了自己的判断:这是要去见新皇帝,要不,不会这样郑重。韩大人领她们出了院门,在宫中七拐八拐,最后走到了一座大殿前,舒韵注意到大殿四周站着佩刀的武士,殿门口有一些太监在匆匆进出,琉璃瓦的殿顶在午后的斜阳里闪着金光。一种威严的气势让她感到了一丝紧张。她在心里叮嘱自己,不要害怕,你不是很早就想见到皇帝吗?今天终于要如愿以偿了。

在殿门前,韩大人回头望了她们每个人一眼,舒韵感觉到他望自己的时间最长,心里一阵激动:是要把我先介绍给皇帝?

她们进了大殿,面前是一道屏风。韩大人让她们面朝屏风成一字排开,每个人相隔三步。她们刚一站好,十个小太监就从门后闪出来,也站在了她们身后,每两个太监靠近她们一个人。舒韵有些惊疑:这是干啥?她正想着,韩大人低低地开口说:我现在告诉你们一件事,希望你们能沉住气,平静地去面对。我把你们选来的目的,就是为了让你们去陪伴西去的皇上,现在他在等着你们,愿你们也即刻上路。

啥?陪伴西去的皇上?舒韵最先听出了问题,惊慌地抓住了韩大人的衣袖,其他人还在懵懂之中。

对,孩子,韩大人垂下眼,伸手拍了拍舒韵的手背,声极低地说:你本来是不该在这里的,记得我当时极力不让你入选吗?可你和你父亲执意要……而我那时又不能……

天哪——舒韵的一声惊叫还未落地,面前的屏风呼啦一下被几个太监撤去,舒韵这才看清,原来她们面对的是一排铺了白色绸缎的小床,总共五张,每人面对一张。她惊骇间,身子已被后边的两个小太监托起,放到了小床上,几乎与此同时,从高高的殿顶梁上,突然落下一排五个用麻绳结成的绳环,每人脸前吊着一个,如弯曲的蛇一样在空中晃动。

感谢你们自愿陪先皇西去!一个声音突然由对面响起。舒韵和女伴们还没有看清对面说话的是什么人,身后的太监们已抓住绳环套上了她们五个人的脖子,其余几个姑娘此时方明白要她们干的是什么,几乎和舒韵同时哭喊了一声:不——

她们脚下的小床迅疾被太监抽去,五个人的身子都陡然悬空，那哭喊声也戛然而止。

舒韵悬空的身子在空中转了一下，使她上仰的面孔看见了殿门外的天空。

有一只小鸟箭一样地蹿上天顶……

泉 涸

南阳盆地的盆底南沿，有一镇，曰：柳林。出镇街南口，沿公路前行约三百米，可见路右有一块地，面积不大，五亩许。由北而来的小龙河分汊两股，将地缠绕成桑叶状，而后又在南端合流，潇潇洒洒地继续走。地中间，凸石一块，形若鹅，石上，有一隙，溢清水，量不大，然终年不断，且水温与井水相同，可浇田，被名之为地乳泉。乳泉一侧，坐一半塌砖屋，发黑的门楣上端，还可依稀辨出一些字：土地庙、乾隆三年、周家阖族等。这块地，就是我家如今的责任田，早先的祖产：桑叶田。

我哥哥就落草在这块田里。

二十六年前。秋。一日午后，蝉鸣热烈，日头旺极，只有三片小小的碎云在半空中晃，天闷得很，风小得只勉强能摇动庄稼叶子，我娘不顾我爹"你还要不要命"的警告，为多挣几个工分，挎上我家那个用柳条编成的圆筐，挺着高隆的肚子走进了桑叶田里的绿豆秧中。绿豆叶被太阳晒得发烫，一簇簇黑色的绿豆角在细微的热风中呻吟，盼望着我娘快把它们摘进筐里的阴影中凉快。我娘卷起她那宽大的黑粗布裤脚，小心地蹲在两垅豆秧中间的地上，一边缓缓地向前挪着脚步，一边用两手麻利地摘着豆角。发烫的豆叶摩擦着我娘那赤裸的脚脖，当她起身弯腰想把已盛了一半豆角的筐子向前再挪几步时，一阵剧疼突然抓住了她，我娘只来得及把手中的豆角撒到地上，便仰身倒下了。她的头在一蓬绿豆秧上不停地摆动，那些尚未成熟的青色豆角被她的头压断碾碎，迸出绿色的汁液；地上拳头大小的土块，被她因为疼痛而不停扭动的身体轧成了粉末。她的口中发出了骇人的叫声，那叫声在午后空旷的地里并不能传出很远，但还是把也在不远处摘绿豆的三奶奶惊了一跳，她扔下手中的豆角，扭动着两只被包成拳头大小的金莲，向我娘奔了过来。

  你们可不知道，当三奶奶跑到跟前时，土垠那小子已经钻了出来，他还不会哭，可脑门上已经沾了一片绿豆叶子，屁股沟里也夹进了不少土，那一大片绿豆秧子都被土垠娘的血染成了红的。三奶奶手上一时也没带剪刀，咋去把脐带弄断？急得三奶奶团团转，后来只好用牙咬，三奶奶就是用她右边的那四颗牙把脐带咬断的。后来七秃子被三奶奶喊了来，让他抱了土埂娘往回走，没走几步，土埂娘就醒了过来，她看了一眼三奶奶手中的土埂，轻轻开了口，你们猜她说些啥？她说："三婶，麻烦您老把我摘的绿豆角拿到队里称称，我估摸着能挣一个半工分……"

我哥长到六岁的那年夏天，有一日傍晚，他光屁股跑到三奶奶家门前玩，三奶奶扯了一下他的小鸡鸡，张开她那只剩右边当初咬过脐带的四颗牙的嘴，说：土埂，晓得吧？你小子就是在桑叶田里生出的，刚生下来屁股沟里就塞满了土！门前的几个大人听后哈哈大笑，我哥的那张小脸顿时就有些红了，他飞快地跑回家扯了娘的手问：孩子是不是都生在地里？不是。娘有些奇怪，摇了摇头说：在家里。那三奶奶为啥说我生在桑叶田里？娘笑笑：你就是生在桑叶田里，哥照娘的腿上就是一拳，委屈至极地哭着叫道：为啥不把我生在家里，让他们说我屁股里都是土？娘被问得无言以对。

我哥九岁那年，一日，我和他一起去桑叶田的田埂上割草，恰好碰到了七秃子。七秃子当时边往地上撒尿边对我哥笑着说：土埂，你小子长得真快呀！知道吧？你当初就是在这个地方生出的。他说着用手指了一下脚旁边的一小片苞谷地。那年这儿种的是绿豆，你生下来就沾了一身土！他的话音未落，只见我哥猛地扑上前，抡起镰刀就朝七秃子的腿上砍去。七秃子提着裤子呀了一声，急忙弯腰，紫红的血已经顺着他的手指缝流了出来。妈的，凭啥动手？七秃子吃惊地叫。俺不是在地里生的！不是的！哥噙着眼泪吼。

大团的浓烟腾跃、翻卷，火，伸出它蓝色的舌尖，轻巧地舔着地面上的东西，把树、草、棚，通通吞进了肚里。

人们在四散奔逃、哭叫。

好多好多年前，黄河中游曾发生过一场大火。就是那场大火，造成了一直栖居在黄河岸边的部分人群的迁徙。关于那场大火的缘由，据我们周家祖传下来的说法，是因为一头野牛的发怒——

那头野牛个大、毛黑、腿粗，平日总围着我们周姓部落的营地转悠，而且不时地还要昂着头高叫：哞——！常把女人们惊得一跳。于是，男人们经一番计议，决定将它杀掉。就在那个太阳极毒的下午，几十个男子手握棍棒，围了它，一顿乱打，要了它的命，而后将它抬回营地。按惯例，猎物抬回，要用石刀砍成块分给众人烧烤吃掉，但那次，大家一致说要吃烤全牛。于是女人们便开始架柴生火。当火生好，十几个女人晃动着被太阳晒得发黑的双乳，一齐嗨哟着把那野牛抬放到火堆上时，那牛竟突发一声怪叫，陡地翻身站起，跳出火堆，先在营地里跑一圈，用身上带的火将所有的窝棚一一点着，这才向旁边易燃的桦树林里跑。在冲进树林前，它又把一个手提尖底水瓶的姑娘撞倒，它撞她撞得很轻，仅仅使她昏倒，还特意低头看她一眼，而后高叫一声，才又向树林里跑。人们先是被野牛的死而复生惊呆，后看到四处浓烟滚滚，才意识到应该逃跑。一个胸前飘着浓密黑毛的汉子，因为听到了野牛最后的那声高叫，看到了那个昏倒在地的提水姑娘，便在逃走前跑去抱起了她。他虽然只耽误了这一点点时间，但火和烟已把他和跑走的人完全隔开，他不得不抱了姑娘慌不择路地向西南方逃。

他抱了姑娘在前边跑，火头夹了浓烟在后边追，一直把他追到嵩山口上。

火头虽已在嵩山南麓停住，可他和那已渐渐苏醒的姑娘耳边仍响着大火那令人恐怖的噼啪声，于是两人拉了手，继续没命地逃。

翻过伏牛山，爬过白河岸，当他们趔趔趄趄、踉踉跄跄跑到被一条小河缠成桑叶状的黑土地上时，疲劳把他们的最后一点气力夺走，他们一齐晕倒了……

我哥哥十岁那年开始上学。是在一年级的下学期，春天。有一日，学校可能是要搞什么活动，老师让学生们带一顿午饭到学校里吃。哥回来说了这事之后，娘就去土瓮里舀了一瓢用最大、最白的红薯干碾成的面，又泡了一把晒干了的红薯叶，剁碎，切了半棵葱，然后又擀了一匙炒熟的芝麻对上，给他包了四个红薯面菜包。我那时已经能用鼻子准确地分辨出食物的好坏，我闻出那包子比平日娘让我吃的红薯面饼子好吃，于是就哭着伸手朝娘要。娘就不高兴地瞪我一眼，说：你哥是去读书，吃点好的；你小五在家玩，还贪嘴？我当时并不同娘理论，只是不依，只哭着问：我比哥小，凭啥不让我吃？后来娘把包子递给我哥时，我就又去扯了哥的衣襟哭。哥没说话，便伸手摸出一个包子递我，我抓过就吃，我哥还没迈出院门的榆木门槛，我已把那个包子完全吞进了肚里。那时我就想，我大了也要去读书，好让娘给我做这种红薯面包子吃！

那天傍晚，哥放学回来的时候，我急忙迎了上去，我怀着一个模糊的期望：哥最好能剩下一个包子。可我没敢开口问，我看出哥的脸色不好，且左鼻孔里还挂着一截鼻涕，我跟在哥的身后进了屋，只见哥重重地把书包朝娘的怀里扔去。娘吃了一惊，问：咋了？咋了？！哥暴怒地反问：你说，七星和杨文为啥吃白馍？娘赔着小心答：人家吃卡片粮，咱是种田的……咱为啥要种田？哥截断了娘的话问。娘很是一怔，嗫嚅着答：咱咋能不种，祖辈都种田，那桑叶田还是祖上传下来的。哥跺了一下脚，转身跑出了屋，我看见他眼中含着泪。

娘不放心地叫我：小五，去看看你哥。我于是就追了出去。半路上，碰到同哥一班上学的四木，四木拉住我，很郑重地说：小五，你哥今儿个把七星、杨文打了。为啥？嗐，今晌午吃干粮时，你哥把包子拿出来，刚要吃，七星和杨文手攥着白馍走过去，指了你哥手上的包子说：看，像狗屎，黑狗屎！连说两句，我听得清清的。你哥那会脸一红，抓起包子就朝他俩脸上砸去，七星脸上挨一个，杨文挨两个，杨文的鼻子被砸出血，血一直流到下巴上，七星的眼让包子馅迷住，叫同学吹了半晌，后来老师把你哥叫去，熊了一顿。

我撇下四木去追哥，直追到桑叶田边，我看见他直直地站在田埂上，默望着田里的豌豆。那年桑叶田里种的全是豌豆，豌豆秧已开始爬蔓，绿色的叶片在晚风中摇动得厉害，几朵早开的豌豆花在风中飘落着不大的花瓣。

当那汉子和那姑娘从昏迷中相继醒过来时，第一个共同的感觉就是饿。然而这地方是平地，只有遍地荒草，并无长野果的树，野果自然吃不到。剩下的办法就是猎兽，可惜他们既无猎兽的工具，也无猎兽的力气。怎么办？求生的强烈愿望逼迫他们在那黑色的黏土地上耐心地爬着找。但是，没有可吃的东西，在他们就要彻底陷入绝望时，忽然，两人一齐发现，在他们的头前不远处的草丛里，有一只黑鹅在蹒跚着走。猎获过动物的汉子一喜：只要抓住那只黑鹅，就可立时充饥，于是便拼力起身去追。汉子在前、姑娘在后，跟跟跄跄、跌跌撞撞，两人紧赶慢赶，到底缩短了与鹅的距离，追到一丛藤叶间时，两人猛地朝黑鹅扑去，但抱在怀中的却是一块似鹅的石头，石上有隙，溢着清水，两人呆住，半晌，沮丧地刚要回头，却蓦地发现石头四周有一大片叶呈伞形的藤蔓植物，那植物的藤蔓紧爬在地，蔓上结着一个个状如拳头的东西。汉子小心地摘下一个，用手捏开，看见内中有红色的浆液和白色的籽流出落地，伸出舌尖一舔，味甜而微酸。他们互相看看，不知道这种土里长出的东西是否可吃，但饥饿给了那汉子最后的勇气，他先开口吃，一个接一个地吃下去，却并无意外发生，女的见了，便也吃，一顿饱吃之后，都觉得身上又有了力气，于是便笑，便喜。这片黑土地上长着的这种东西，迟滞了他们继续漫无目的远走的脚步，他们不知道离开这块土地后，还能不能找到这种充饥的东西，于是就在这里停了下来。渴了，就喝泉水；饿了，就吃那圆圆的东西；不渴不饿时，两人就在草丛中嬉戏，做些人类本性要他们做的事情。但随着时日的延长，被他们起名为"菜瓜"的那种圆东西日渐减少，一种要挨饿的恐慌，使他们想到了要再次迁徙。可惜这时，一个新的情况出现：那姑娘腹部已经隆起，走路已变得十分艰难。那汉子在苦恼时无意中发现，在他们最初吃瓜掉籽的地方，又长出了新的瓜秧，瓜秧上又结出了拳头般的瓜来。这个发现使他一愣，但转瞬之后，他便从这个发现中得到了启示，只见他很快地将手中刚摘到的几个菜瓜捏开，把那些白色的种子全撒向了那黑色的土地。

当初冬的第一场冷风刮过来时，那汉子从新长出的瓜秧上摘下了瓜，一堆。

我们遇上了一块救命的宝地！那汉子欢喜地扶起他那腹部高隆的女人，向着那黑色的土地，虔诚地跪了下去。

额头触地！

那汉子和那女人，就是我们周家的先辈。

我哥读到高一时，大姐、二姐就已相继出嫁了。爹的喘病厉害，平日家里的活路，原是靠两个姐姐干的，她们一走，这空缺自然要哥哥来填。于是，娘就对哥说：埂儿，学咱不上了，识字终究也当不了饭吃，回来干活吧，要不，分给咱种的桑叶田就要荒了。哥听了这话，一声不吭，不过，两天后的黄昏，哥从学校背回了他的铺盖，悄无声息地把书包塞到了床底。第二日，哥开始干活。也就是从这天起，哥说话愈加少了。

一日，是星期天，我没上学，便帮哥去桑叶田锄麦。那日云淡，天怪蓝，几只叫天子在半空里窜，把叫声撒得到处都是。青麦苗顶着露珠，在地上排得甚是齐整。一开始，哥的情绪还好，还破例地开口问了我几句学习的情况，嘱我要好好学。我俩边说边锄，速度还挺快。不久，忽见镇上的七星和杨文，各骑了一辆崭新的自行车，从桑叶田边的公路上过，蹬车的样子极是悠闲、潇洒，而且边走还边唱："记住我的情，记住我的爱，今生今世咱们不分开……"哥闻声，直起身，挂了锄柄，双眼直盯着他们看，待他们的身影完全消失时，哥忽然扭过身，挥锄在地上猛砍起来，不管是草是麦苗，一律砍掉。我惊得目瞪口呆，哥直把三垅麦苗砍掉丈把远，才一下子扔掉锄，双手捂脸蹲了下去。我知道哥的脾气不好，不敢开口说什么，只默站在那里。半晌，哥起身，发红的眼看了一下那些连根锄掉的麦苗，又蹒跚着向地乳泉边走，他从泉边提桶水来，开始一窝一窝重栽那些麦苗，栽得极是小心、仔细，栽完，他又一窝一窝地浇了二遍水，才又开始抢锄，一言不发地和我一起锄地。

那日回家，我也没把这事告诉娘。晚饭后，照娘原来的安排，我又和哥一起用平板车向地里拉粪。哥架车把拉，我在一旁推，那晚有月，路看得清，我们连拉了三车，到第四车时，哥的呼吸如娘拉风箱做饭一样，哧啦哧啦，而且很急，我便对哥说：我来拉，你推。哥不应，照样在前边弓了腰拉着车走。好容易拉到地边，两人站那里喘，喘息稍定，哥忽然扭过头，朝我低沉地喝道：闪开！我刚从车边闪开身，只见他猛地把车往小龙河边推，轰隆一声，把粪全倒在了小河沟里。我惊住：咋了，哥？哥默然一霎，咬牙答了三个字：饿死它！声狠而低。

他划了火，点着烟，蹲那里吸。不远处的地乳泉水，依旧在流，淙淙、汩汩，不紧不慢的。

当我的第六十三代祖爷在桑叶田的菜瓜滋养下来到世上时，柳林这地场从北方迁来的人已经不少。人们学着我祖上的样儿，纷纷在桑叶田四周空旷的田野里划定一块地，种起了菜瓜。"始种瓜，继种薯，此地人于是日多。"我们的族志上这样写。

桑叶田用它在数万年间积聚起来的地力,默然养育着我们周家的人。但它也有不高兴的时候,就在我六十三代祖爷执掌家政的第二年,不知何故,桑叶田里种的红薯只长出百十个,其余皆为空秧。族人大惊。六十三代祖爷慌忙请来巫师,巫师沿桑叶田边徐行一周,而后在地乳泉边站定,默然良久,开口:汝等在田里只取不供,土地爷何能不怒?六十三代祖爷闻言,当即跪地,恳询用何供品方能令土地爷息怒。巫师只答三字:吃、穿、住!

于是,祖爷即令族人在地乳泉边,盖窝棚一座,棚内垒一台,台上插牌,牌上画一人,为土地老爷。而后选十五有月之夜,在祖爷的带领下,族人手捧瓜、薯、布、帛,齐来窝棚前,跪下,叩头三个,献上供品,接着,便由巫师领着唱:

土是爹,地是娘,
有了爹娘有儿郎,
儿郎应该敬爹娘,
敬上瓜,敬上薯,
敬上布,敬上帛,
敬上庙屋整一座,
从此不缺你吃喝。
盼你不记儿郎过,

> 瓜长大，薯长多，
> 不让儿郎肚饿着……

祭歌唱完，祖爷就令族人在庙门前挖坑，把祭品全部埋了，交给土地老爷。

此祭礼行过，似真有效，翌年，桑叶田所种瓜薯，皆获丰收。族人传，那年，"瓜大者，七斤；薯多者，窝五"。

至今，每年的正月十五和八月十五之夜，我的爹娘总还要带上馍，端上菜，拿上几尺白布，悄悄地到那座半塌的砖砌土地庙前，挖了坑将东西埋下，而且埋前不仅叩头，还要嘎哑着嗓子低声唱：

> 土是爹，地是娘，
> 有了爹娘有儿郎……

我哥有一根暗红色的竹笛，说是学校的一个同学送他的。那笛儿不长，声音却挺亮，哥闲时吹起来，悠悠扬扬的，煞是好听。冬天，桑叶田里的活干完之后，他常在肋下夹了那竹笛，去镇上的茶馆里，掏一毛钱泡盅茶，坐那里喝。喝一阵后，茶客中有相熟的，若说一句：土埂，吹个调儿。我哥便慢慢地从那笛袋中抽出笛，用舌头舔一下笛膜，就开始吹。吹的多是一些徐缓轻柔的调子，颇合那些茶客品听音乐的心境。有一次我去喊他吃饭，瞥见几个姑娘也站在茶馆前看哥哥吹笛，内中竟有镇政府文书的那个漂亮闺女青儿，而且听得极认真，当时心里就很为哥哥生了几分骄傲。后来，我又渐渐发现，那青儿常找机会同我哥哥说话，并且说话时，黑眼珠儿一闪一闪，腮上还显出几分红来，我当时隐约觉得，可能要发生点什么事儿。果然，不久之后，那青儿就常跟在哥的身后来我家串门。每逢她来时，娘就欢喜得合不拢嘴，端水让枣的，哥也把整日罩在脸上的那层冷淡扔开，露出高兴的笑来。

有一晚，我放学回来迟了，忽听镇外的水塘边响起了哥哥的笛声，便抬腿走了过去，近时才发现，那青儿也坐在哥的身边，且把头靠在哥的肩上。我没敢过去打搅，只站在暗处看，片刻之后，一曲终了，猛见青儿身子软软地倒在了哥的怀里，哥的身子一动，仿佛是吃了一惊，但随即便把她抱紧了，而且两人的嘴，在往一起凑，我看得脸热心跳，急忙转身走了。那之后，青儿来找我哥的次数就越加多，娘也笑得更勤，爹的喘病似乎也有些轻了，一种极欢乐的气氛罩了全家。

有一天的黄昏，一家人正吃晚饭，突听院门处响起一声喊：土埂，你出来！语气挺横，全家人往外一看，是乡政府的文书——青儿的爸。爹和娘当时就急忙起身带了笑去迎，但那文书又只喊：土埂，你出来！我哥放下饭碗，走出去。那文书只把凶凶的眼对准我哥，待我哥刚一走近，竟猛地挥掌朝我哥脸上打来，啪！声音极响。我哥一个踉跄，站稳后，立时有血从嘴角渗出。我爹和娘被吓呆。这当儿,只听那文书骂:狗小子!竟敢勾引我的女儿!你也不撒泡尿照照你那副模样,一个种田的,一身土腥味,一头高粱花子,也敢妄想!再看见你同我的女儿在一起,腿给你打断!骂罢,转身就走,身子一摇一晃,迈步极是气派。娘含了泪去拉我哥,他甩开娘的手,不说一句话,只定定站在原地,许久之后,才挪步向院门外走。娘见状,示意我跟在哥的身后。

哥出了门,径直往桑叶田里去,进了田,就见他呼地扑在地上,挥起拳,朝那刚犁起的松软的黑土上捶,噗、噗、噗,直捶得土粒乱飞,好一阵,才停下。我不敢上前劝,只站在那里默看,那晚无月,夜很快把哥的身子吞了,映入我眼中的只有那座半塌的土地庙的黑影。天,无风,四周静极,只有地乳泉的响声:汩汩、淙淙。

贵公子谦,现在我处,知尔思子心切,特告。倘想领其回家,极易,只需将桑叶田地契交来人即可。当然,若欲留地契,也罢,只是明日晨,恭请至槐树林观谦之尸。谨致大安。大牙顿首。

我的九十七代祖爷手捧着这张黄色信纸,腿在不停地抖。

其时,已是傍晚,阖族人围在祖爷身边,听他拿主意。

一阵晚风带着极浓的凉意,从院子里吹过,让每个人身上都打了一个寒噤。

前一天的下午，我九十七代祖爷的大儿——十二岁的周尚谦，在出门玩耍时失踪。全族人随之出外寻找，均不见，现在方知下落：他被土匪卢大牙绑走作为人质，来换取桑叶田的地契。

祖爷心中明白，以打家劫舍、四方流窜为生的卢大牙，并不是真要这块地，这其实是镇上景五的主意。景五早就看中了桑叶田，几次托人来游说，要买走这块风水宝地做他家的陵园。但祖爷一直拒绝。定是景五同卢大牙串通，想以此法转手从卢大牙那里弄走桑叶田。

祖爷的双腿依然在抖。他晓得卢大牙心狠手黑，说话算数。一头是长子的性命，一头是祖传的桑叶田产，要哪个，舍哪头？

快拿主意！卢大牙的黑衣信使不耐烦地催促。

祖爷牙一咬，眉一蹙，停了双腿的抖动，转对黑衣信使开口：请转告卢大人，桑叶田乃祖产，实不敢相赠，吾子贱体，听凭大人处置！

黑衣信使一怔。族人震惊。我的九十七代祖奶立时放了悲声：儿呀……

祖爷待那信使走远，就转对族人叫：备棺材！

次日晨，祖爷率族人抬棺前往镇外槐树林，果见长子周尚谦被悬吊在一棵槐树上。树干上写：念尔舍子保地，今还一具整尸！

正午，周尚谦下葬桑叶田边，坟土堆好，我的九十七代祖爷慢慢地在坟前跪下,呜咽着与长子告别:尚谦儿,非是为父心狠,实因这桑叶田乃我家世代粟蔬之仓廪,不敢拿来换尔性命,乞求宽恕……

族志上载:……九十七代祖爷,舍长子谦以保田……

事情来得颇为意外。那日,哥去桑叶田掰苞谷,半路,遇镇上的瘸子江宝,见他拎一鼓鼓囊囊的提兜儿,很欢喜地往镇上走,就顺口问,提的啥?纽扣。江宝含笑答。纽扣?哥带几分好奇地停步。买这么多纽扣干啥?嘿,我去温州我姑家,他们那里家家做纽扣,价钱比咱这里便宜好多,我就买些回来送人,这总共才花几块钱,你看!江宝说着,打开提兜儿,拿出一包一包的扣子。这是大衣扣,这是裤子扣,这是衬衫扣,这是裙子扣,这是圆形扣,这是菱形扣,这是棍形扣,这是枣形扣,这是黑色扣,这是白色扣,这是青色扣,这是红色扣……哥的眼睛直直地盯着那些扣,直到江宝走远,他还立在原处。

那日下午,他掰苞谷时一直心不在焉,收工时,娘在他掰过的那几垅苞谷秆上,竟找出二十几穗未掰的苞谷,娘心疼地骂:土埂,你的眼珠叫鸡啄了?

第三日早饭时,哥对爹和娘说,我要去趟温州!温州?温州在哪儿?去干啥?娘惊问。看看。哥淡淡地答。地里活多忙,你瞎跑啥?哥不再开口,只顺手提一个麻袋,上了路。六天之后,哥扛回了半麻袋各种各样的纽扣。爹和娘看见,惊呼：你疯了？！买这么多扣子干啥？哥不开口，只默默抱一块门板放在街边，把那些扣子摆上，卖。赶集人看见，就拥上来。哥就难得地含了笑叫：机制纽扣，品种齐全，质量第一，价廉物美，买百送七。于是人们就挑、就买，实际价钱，比在温州贵一倍半。

从此，每隔二十天，哥就跑一趟温州。他一边摆摊自卖，一边把进回来的扣子批发给那些乡间货郎担。几月之后，他便用赚得的一千二百元钱买了一间临街的铺面。从此，我和小妹买学习用具时再不用犯难，家里买化肥农药时再不用借钱，爹可以很气派地出入诊所去治他的气喘病，娘炒菜时可以大胆地向锅里边倒油。农忙，哥还可雇几个街上的青年，去桑叶田里帮忙干。

桑叶田里的活路，哥基本上不再插手，只是偶尔地去田里走走。哥一心在纽扣上，他还想大干。一日，我听见他向镇上的信贷员恳求：贷我几千块钱，我想买两台做纽扣的车床。

那信贷员神气活现地吐着烟圈，嘴角轻轻地一撇：我去哪里弄钱？

我的一百零八代祖爷得肺痨死去，终年三十一岁。他装棺时一直双目圆睁，任怎么揉搓也不合上眼皮，因为他放心不下我的祖奶和那一群儿女。

我的一百零八代祖奶名叫芦花，那年二十七岁。芦花奶当时是这柳林镇上很秀气的媳妇。她在埋葬了我的祖爷之后,接管了桑叶田。她鞋尖上白色的孝布尚未除下,就挎起筐子,去桑叶田里摘棉,她想凭借自己的力量,把那群孩子养大。

她没有发现,有一双精明的眼睛,一直在跟着她的身影移动;更没有想到,有一个针对她的密谋正在进行。

镇上的富户窦凤龙,早就看中了桑叶田这块旱涝保收的宝地,只是欲夺不能,现在来了良机。他想出一个精妙的主意:让他的儿子想法接近我的芦花奶,先把她的心夺来!

窦凤龙之子长得颇为俊气,而且通一点文墨,穿长衫,会背月移花影动,疑是玉人来,是风月场中的老手,懂得怎样去勾引女人。

他巧妙地制造着各种各样接近我芦花奶的机会。尽管我芦花奶懂得三从四德,晓得守贞守节,知道非礼勿动,很是端庄、庄重,但她毕竟是一个二十七岁失了丈夫的少妇,几经他的有意招惹,春心就也渐渐摇动。终于,在一个月黑星稀之夜,我的芦花奶在安顿了几个孩子睡下之后,两腿哆嗦着走近了后院的小门,在那里犹豫动摇了许久,最后战战兢兢地伸手拉开了门闩,放进了那个守候在外的黑影。

在最宜于提出要求的那个时刻,姓窦的声音极甜地开口:嫁给我吧,我俩永不分手!芦花奶在幸福的眩晕中柔柔答道:可是,还有孩子……孩子怕啥?带去,我养活他们!真的?那还有假!当然,为防我老父嫌人口太多,我们得想一个办法。

啥法？我想想，对了，你只要把桑叶田带过去，我想我老父就不会再说啥。能行？当然！……

当这里的密谋正在进行的时候，另一番密谋也已开始。

我的第一百零八代祖爷的弟弟，也就是我芦花奶的小叔子，一直在暗暗监视着他的嫂嫂。任何一个寡妇的生活，不可能不受族人的监视，这点恰被我的芦花奶忘掉。

三天之后的半夜时分，当姓窦的刚刚上了我芦花奶的床，门就突然被四五个族人撞开。不敢分辩，也根本用不着分辩，姓窦的只有跪下求饶，我的芦花奶这时却还想着救她的情人，呜咽着恳求：这事不怨他，你们处置我！

说！你爹当初是怎样教你的？几根粗大的棍棒放在姓窦的头上，芦花奶的小叔子阴沉地发出命令。我说……我爹让我得了桑叶田后……就休了芦花……姓窦的未说完，我的芦花奶已被惊呆。

灌酒！又一道命令发出。一个时辰之后，窦凤龙那被灌醉了的儿子，被两个黑影抬至镇街口的井边，扔了下去，井水发出咕咚一声，随后便归于寂静。

第二日，晨起，一则消息在镇上传开：窦家长子酒醉落井，丢命。

我们周家的族谱上，在第一百零八代这一页上，一反惯例，没有奶奶的姓氏。

那晚，半片月亮正升，忽见一块黑云移来，一碗饭未吃完，那黑云竟迅速膨大，遮了天。片刻之后，第一排雨点就开始把地上的浮土砸得乱飞。原以为这是阵雨，一会儿就停，未料雨点竟愈密、愈响、愈急。我爹这时就咳喘了一阵，说：该把桑叶田的水沟弄通，免得遍地流水冲走肥土。娘听见，就喊哥：土埂，去地里看看！

我得到铺子里看漏不漏雨！哥一边答，一边啪一声打开他的自动折叠伞，走了。

我自己去，自己去！爹咳喘着披好蓑衣，拿起铁锨，挤进门外的风雨里。娘朝我肩上搭一块塑料布，说：去，跟你爹做个伴！我就拿了电筒，跟出去。

雨点在苞谷、红薯、绿豆的叶面上敲出啪啪的声响，闪电不时制造着更深的黑暗，我紧张地捏紧手电，让爹借了那光亮疏通田间的水沟。几条水沟疏通后，挺凉的雨水已从塑料布缝里把我的衣服湿透，我便催爹快回。爹喘了一阵，说：中！我就拉了他的手往回走。快走出地边时，爹忽然停步，说：什么东西挂住了我的蓑衣？我把手电回过来朝他身后一照，立时惊恐地叫：妈呀！一急向爹怀里扑。爹一边惊问：咋？一边夺了手电去照，随即便听他说：别怕，一只鹅！我这才又敢扭脸去看，果然是一只浑身透湿的黑鹅，用嘴紧咬着爹的蓑衣不放。这鹅八成是回家晚了，让雨弄迷了路！爹对我说罢，就又扭头对鹅说：走，先跟我们回家！

到家，娘和小妹听说我们从地里领回一只鹅，便都披了衣来看。灯光下，只见那鹅身个挺大，一身沾了水珠的羽毛漆黑铮亮，它不吭不哼，只抬了头直看着爹，双眼里仿佛含着不安。爹说，都去睡吧，它八成是被这猛雨吓蒙了，歇一夜就会好。

第二天起床后，我和妹妹首先想起黑鹅，急忙去找，只见它静卧在爹的床腿边，两眼并无睡意，仍如昨夜一样，眸中仿佛露一丝不安。爹从口中拔了烟袋，喘一阵，说：小五，去，拿点东西，让它吃饱了走。我便起身进厨房，倒了半碗剩饭，还将一块馍泡进去，端到它的面前，它吃了几口，就又扭过头，直看着爹。爹见状，说：你们把它抱到院门外，让它回自己的家吧。我于是便把它抱到门外，放到了地上。它抬起颈，环顾了一眼四周，而后抖了一下羽毛，竟又移脚要向我们院里走。我和小妹见了，忙拦在门口，叫：走吧，回你家去！黑鹅站那里望着我们，良久，才摇摇晃晃向一旁的柴堆走去，无声地卧在柴堆旁边。哥回来吃早饭时，那鹅看见，竟忽然惊叫着飞快地跑进堂屋爹的身后，身子在抖。爹觉得奇怪，就说：别怕，你既是不识回家的路，就先在我们这儿住了，等你的主人来找吧。

哥看一眼那鹅，笑笑，说：这鹅！

几天时间过去，并未见人来寻这鹅回去，我们也就习惯了它的存在。娘和小妹喂鸡时，总也要给它放上点吃食。它似乎跟爹的感情最好，平日总跟在爹的身后，爹若去桑叶田干活，它便也默默地跟了爹去地里，收工时，它又默默地跟回，而且夜里，不管我们怎么干涉，它总要卧在爹的床头。大约是见哥的次数少，它每次看见哥回来，总要惶惶地向爹身后躲，哥见了，就笑：这鹅胆量小！

桑叶田一分为三，一人一份，如何？二爷眼瞪着大爷，商议着，而那语气，却分明带了几分威胁。可是桑叶田传给长子，这是祖宗先例，怕不好违吧？大爷也答得绵里藏针。慢慢商量，慢慢商量，三爷在一旁打着圆场。

我们周家传到一百二十六代，老祖奶奶先后生出三个爷来。按惯例，桑叶田传给长子，其余的田产分给二子、三子。可我那二爷是牌场里混出来的人，知道种桑叶田需要花的气力最少，有桑叶田就有饭吃，这宝地若全让大哥占去，实在有些于心不甘，所以便提出：把桑叶田一分为三。大爷当然不同意。三爷虽也极想要桑叶田，但他是精明人，知道在这事上出面争执会遭人讥笑，便只暗中撺掇二哥，本人却并不出头。

大爷不松口，二爷不罢休，事情闹得就有些僵。最后二爷便决定来硬的，去老婆的娘家叫来了几个弟兄，不由分说地到桑叶田里强行用锹掘出两条沟，把田分成了三块，并在其中的一块地头插了木牌，写上了自己的名字。大爷见状，自然是咽不下这口气，何况他还占着祖宗有训这条理，于是便也去老婆的娘家叫来了一帮人，要将老二掘出的那两条沟平了。一方挖了，一方要平，形势就到了剑拔弩张的程度，两班人马在桑叶田里横眉冷对，这时三爷出面调停。他把大哥拉到一边，说：二哥有违祖训，你也真该教训教训他了！再把二哥叫到一边，讲：其实要论打，大哥能是你的敌手？如此一调停，两下的火气自然不会变小，僵持到黄昏，两班人马到底开始动手了，武器主要是铁锹、棍棒，你来我往，只打得尘土飞扬、鲜血遍地、肉渣乱飞。镇上人皆围在桑叶田四周看，却都不敢上前劝止，械斗时谁劝谁倒霉，打红了眼的人乱抡武器，碰着谁是谁。械斗颇和今日战场肉搏有些相近，一旦开始，便只有置对方于死地方能罢手。大战到子夜时方歇，双方参战的人员几乎全部倒在桑叶田里，可谓势均力敌。大爷的铁锹戳进了二爷的胸口，把二爷的半瓣心脏剜出，二爷的锹尖戳进大爷的肚子，把肠子捣得乱七八糟，弟兄俩同归于尽，两人暗红色的血汇在一处，一起向桑叶田那黑色的土粒里渗。

三爷这时悲痛欲绝地出面，含泪掩埋了两位哥哥，并在坟前呜咽着告慰兄长：你们放心去吧，小弟一定掌好这个家。接着，他便名正言顺地把桑叶田录在了自己名下。

三爷经历了这场械斗，临死时特意留下遗嘱重申：桑叶田归长子所有！后代若无子，则归招夫入赘的长女所有。他人若有心图谋，族人当共诛。

那日下午，哥从铺子里回来，很郑重地向娘交代，晚上有几个客人要来家吃饭,并给了娘四十块钱让她上街买菜买肉。自从哥做生意之后,请客吃饭在家已是常事。由于爹有病,哥这时实际上已成了一家之主,他的话,娘一般都默默照着去办。傍黑时分,娘刚把八个凉盘做出,哥已领着几个客人向院门前走来,娘见状急忙招呼爹:快把桌子摆好!娘的话音刚落,就听门外突然响起了黑鹅的叫声,叫声惊惶、急迫,一声比一声凄厉,仿佛有什么东西在抓它。爹停了摆桌子的手,急喊我:小五,出去看看黑鹅!我奔出院门,看见并无什么人蓄意伤害黑鹅,它只是抬颈看着哥和他领来的那几个客人,一边向后倒退着脚步一边惶惶地叫。我上前喝止它,它竟叫得更急。几个客人看见黑鹅这种叫法,都觉好笑,说着玩话:是不是不欢迎呀?哥颇有些生气,沉声对我说:小五,把它赶远点!我便拿个小棍去赶,它却怪,不向远处走,只执拗地绕着柴垛转,而且边转边叫。一直到客人们开始喝酒的时候,它仍然在叫。那时天已渐渐黑定,它的叫声让我听了,不知怎的竟无端地生出一丝恐惧来。后来爹听见它总叫,便咳喘着走了出来,黑鹅看见爹,边叫边快步跑过去,用羽毛蹭着他的腿,仿佛是乞求保护的样子。爹看看四周,弯腰安慰地摸摸鹅的颈说:别怕,没东西敢来害你,有我呀!黑鹅这才将叫声一点一点减小,直到完全停下。爹把它抱进屋,放在自己的床腿旁,它才不甚安心地卧了。那阵儿,堂屋当间的酒桌上,哥正在殷勤地让酒:王主任,您海量,这三杯酒还在话下?喝!喝个样让刘厂长他们看看！……爹默默坐在黑鹅身旁吸烟，静听着酒桌上的动静。每回哥请客，爹总是帮娘把东西收拾好，便默坐在他的床头，并不出去应酬。他大约是觉着家事既已交给我哥执掌，就该放手由他去干。

几个客人到很晚才散，一个个喝得摇摇晃晃，临出门时，相继地拍着我哥的肩说：放心，土埂！那晚哥特别高兴，客人们走后，我破天荒地听他哼起了歌子，娘小声地猜测着对我说：是不是又能卖出一批扣子？

乞土地老爷宽恕，天明，桑叶田契将送去农业社里，这非孩儿不愿侍奉，实是潮流所致，盼您明鉴……

一九五五年那个有一钩新月的夏夜，周家的一百二十八代家长——也就是我的爷爷，领着我那有一双小脚的奶奶和二十一岁身强力壮的我爹，以及刚过门不久、穿一件黑斜纹大襟褂子的我娘，还有两个姑姑，一齐跪倒在桑叶田中地乳泉旁那个半塌的土地庙前，低低地述说着。土地庙内的祭台上，摆着用头遍麦面蒸的像碗一样大的供馍；堆着煮熟的最大的十穗苞谷和蒸熟的十个大红薯；还放着两只大碗，大碗里分盛着绿豆、芝麻，绿豆、芝麻中间插着长长的棒香，棒香把袅袅的烟雾，一缕一缕洒向那地气氤氲、月色迷蒙的夜空。四周，蟋蟀、蝼蛄等虫儿们把自己的叫声掺进我爷爷那不安而愧疚的申述中。一两只萤虫划过来，照出了我爷爷奶奶那虔诚的跪姿。

地乳泉安详而自在地流着，淙淙、汩汩。当我爷爷的申述快要结束的时候，只听背后的地里嘎地响了一声，全家人的身子都禁不住一抖，我奶奶悄悄向爷爷俯过身去，低低地说：像是鹅叫。去！爷爷用跪着的右脚尖朝奶奶的屁股上悄悄踢了一下，低而严厉地说：哪来的鹅？爷爷又带领家人向祭台磕了三个头，这才缓缓起身。我那个最小的姑姑站起身时嘟囔了一句：我的膝盖疼了。话音未落，黑暗中我的爷爷已伸过手朝她的胳膊上狠狠拧了一下。我小姑疼得嘴角咧了咧，可没敢哭。

这之后，我爷爷领着全家，绕着桑叶田的地边缓步走了一圈，绕行中，在正北、正南、正东、正西、东北、东南、西北、西南八个方向上，爷又依次带着家人面朝田中的土地庙方向各磕了一个头。这番礼节行完，爷才带着全家蹒跚着向家里走。

第二天早上，我爷爷手哆嗦着从一个黑漆木匣里掏出桑叶田的地契，在瘦骨嶙峋的胸口上贴了贴，慢慢地向门外走去。在门口的那棵榆树上，他解下三头黑牛的缰绳，拉着向镇中的农业社院子里走。我爹手中拿根木棍，在后边赶着牛，不时敲着牛的胯骨。我爷爷刚走进农业社院子，社长就欢喜地站起来，笑着说：看！老中农到底觉悟了！当我爷爷手抖颤着把桑叶田的地契交到社长手上时，社长从桌上拿过来一朵巨大的纸做的红花，亲自佩戴在我爷爷的缀着布扣的粗布衬衣上。我爷爷立时掉了两串黄黄的眼泪，泪珠子把大红花的花心砸湿了一片。社长握着爷爷那被锄头磨出了厚茧的手说：你激动，我也激动……

我哥请客后的第三天中午，娘正在案上擀绿豆面条，爹坐在灶前一边咳喘一边添柴，哥兴冲冲地走进门，顺手在正择菜的小妹头上敲了一下，欢喜地说：成了！

啥成了？一家人一齐住手，一齐把目光对住哥问。哥并不急着回答，从口袋里抽出烟，递一支给爹，爹接过从灶下抽出一截秫秸抖抖地去点，这边哥早用气体打火机点上吸了一口，一口烟喷出，才又接着说：镇上的纸箱厂建新厂房，要买地皮，上边规定，买的地若是村民的责任田，买方除了向国家付地皮钱之外，还要向村民每亩付八百元的补偿费，村民的责任田被征之后，镇上将优先发给经商营业许可证，但所征的必须是已不宜于耕种的地。我现在正想买两台做纽扣的车床，急需用钱，要能让纸箱厂把桑叶田征去，就……

你……？！爹的咳喘倏然间停止，双眼震惊地瞪大，眸子上浸出一层浑黄。

因此，前天晚上，我把纸箱厂的领导和镇政府征地审批办公室的人请了来。现在，事情已经办妥。纸箱厂很愿意买咱的桑叶田，他们特别喜欢我们桑叶田中间的地乳泉，他们打算将来把泉圈在厂办公室院子中间。征地审批办公室的人也已同意批准，还特意写明：桑叶田已不宜于耕种。事情……

杂种！爹声音嘶哑地吼道，但只吼出这两个字，就爆发了一阵剧烈的咳嗽。

你还没有把地种够？哥冷冷地反问。一年到头，忙忙碌碌，犁、耙、种、浇、锄、收，不就是夏季得三四千斤麦，秋季收五千来斤苞谷红薯，这值多少钱？麦两毛来钱一斤，苞谷一毛多钱一斤，两季加起来，不就是两千来块钱？再扣去化肥、农药、农具的钱，能落多少？我们周家为什么非种田不可？

你？！爹张开嘴，一时仿佛找不着词句，只任喉结在那里急剧地抖动。

眼下我这小本生意，一月的盈利也在四五百块，倘若能再买两台车床，连做带售加批发，两月下来，就能顶你在桑叶田干上一年！而且……

杂种！！爹到底又吼出了一句。

不卖当然可以！哥冷笑着站起身子。不过我要说明：从今往后，我生意忙，无时间再去干田里的事，弟、妹上学，娘得去我铺子里帮忙，地里的活你自己干吧！而且今后，买化肥农药的钱，我可是拿不出了！哥说罢，猛地转身，昂首出门。

土埂——娘慌慌地喊。

杂种！！你生了个杂种！！爹猛地朝娘脸上打了个耳光。

嘎——院里，仿佛是黑鹅叫了一声……

一堆白色的纸球在队长的掌心中攥着。

我爹的双眼直盯着队长的那只手。

抓阄！

听说要分责任田，队上每户人家都找过老队长要求：把桑叶田分给俺家吧！

谁都知道，桑叶田旱涝保收。

老队长最后想出这个主意：抓阄。谁抓住写有桑叶田三字的纸球，地就分给谁。

我爹最初听到这个消息时，曾愣了好久。但随后，就见他拿一捆火纸，在院子里点上，先跪下连磕三个头，喃喃地说：桑叶田是我家祖产，愿祖宗、神灵保佑我能抓到那个纸球！而后，就把右手伸到那火纸燃起的烟火上烤，边烤边翻动着手掌祈祷：有灵有气你就附上来！附上来！附上来！以后我断不了你们的香火，断不了！断不了！附上来！……

队长把那些纸球放在了桌上。

我爹的眼珠已有些发红，塞在棉袄袖筒里的右手抖得厉害。能行吗？能行吗？能行吗？他觉着心脏跳得太重，撞得胸口的肉都在疼。

抓吧！队长的话音刚落，几十个人呼的一下站起来，挤向桌子。我爹本想第一个站起来跑过去，但因为太激动，脚绊住了别人坐的椅子，扑通一声摔倒在地，在倒地的一刹那，他绝望地喊了一声：我要先抓！人们此刻都已抓球在手，正小心翼翼、聚精会神地展看，没有人顾到我爹的喊。

桌上只剩下了两个纸球，老队长一齐拿起向我爹走来，说：剩下的这两个，一个归你，一个归我，你挑一个。不，不，不！应该重抓，重抓！我要先抓！先抓！我爹很快地摇着头，摆着手，但队长执意地把那两个纸球伸到他的面前，他不得不绝望地伸出手捏住了其中一个，随即就不抱任何希望地一边叫着应该重抓！重抓！一边展开了那纸球，在纸球展开的那一瞬间，爹口中的叫声陡然停止，眼珠一下子涨大，跟着就听他狂呼了一声：我抓到了！抓到了！话音未落，倏地一下，他手攥着那纸片又向地上倒去。

凉水拥挤着顺着爹额上的皱纹往下跑。老队长把三碗凉水向我爹的额头上泼完之后，爹的身子才动了一下，他挣扎着坐起来说的第一句话是：我抓住了！……

爹在床上整整躺了三个月。

爹与哥争执后的第二天，他的喘病就加重了，有时，就到了不得不请医生坐在床头的地步。那些天，我们只顾操心爹的病，谁也没再想到黑鹅，待到爹的病稍稍好转问到黑鹅时，我们才注意到：黑鹅不见了。反正不是咱家的，它走就走吧。娘对我和小妹说。

由于爹卧病在床，家里的一切由哥执掌，所以哥那原来的计划，就也照常进行了。爹卧床一月后，当我们把能收的秋庄稼勉强收完时，就开始有汽车向桑叶田里拉石灰、钢筋和砖头。一个半月之后，两台做纽扣的小型车床和电动机，运到了哥的铺子里。

娘照哥的安排，在铺子里零售纽扣，身上穿着哥给她买的城里老太太常穿的那种咖啡色衣裤。一个名叫陆茵的高中毕业的镇上姑娘，自愿上门受雇，和哥各包一台车床制作有机玻璃纽扣。每天傍晚，我和小妹放学回来，总要先到铺子里，看一阵哥和陆茵姐在车床上的灵巧操作，而后替娘照顾柜台，让娘回家做饭。

三个月之后，当爹从哥给他买的各类药物和营养品中重新获得了下床的力气时，便蹒跚着拄杖出门，径直向桑叶田里走，我看见，忙跟了上去。桑叶田已经完全变样。绕着地边，砌起了一人来高的红砖院墙，朝公路的地方，开了一个大门，门边挂一木牌，上写：纸箱厂基建工地。走进院门，只见遍地是木材、水泥预制件和砖头，早先松软的黑土，现已印满了汽车、拖拉机的轮胎印子，变成了坚硬的场地；原来的那些田埂、水沟多已被毁，只能偶尔地看到一截半截；旧有的那个土地庙，已被拆除，只能在原址依稀辨出祭台的位置。唯一没变的，是那石隙中流出的地乳泉，泉水依旧汩汩响着，爹双手拄杖立在泉边，双眼呆望着泉水，渐渐地，就有两滴老泪从他的眼角缓缓滴下。我移目泉水，大约是夕阳的作用，我觉得那泉水似乎有些发红。泉边，已搭起了两间工棚，有几个建筑工人在棚子里听录音机，录音机里的一个男声在叫：占领、占领,不要留情!占领、占领,不要宽容!占领、占领,不要心疼……

回吧。我见爹立着的双腿已开始哆嗦,慌忙上前扶住。他摇摇晃晃地跟着我走,临出桑叶田时,他吃力地弯腰,抓起一把土,紧紧攥住,许久,才又松开手,任土粒顺指缝下流。出了围墙,到岔路口,他说要去哥的铺子,我劝止不住,只好随他走,我知道,一去就又要爆发一场争吵。

爹进铺子的时候,娘看见,忙过来扶他,但他甩开娘的手,径直向铺后的小车间里走,推开车间门,他的嘴猛地张开,仿佛要吼出什么,可良久并无声音出来,他似乎一下子被那两台车床的响声惊住。他睁大眼睛看着车床,看着哥的两手在车床上灵巧地飞动,看着一粒粒圆形的白色纽扣,从车床上流下。他的嘴慢慢合上,正忙着的哥只是抬头对爹一笑,便又低头去忙他的了。许久之后,爹慢慢向前移步,弯腰从车床下满盛纽扣的塑料筐里,抓起一把,惊奇地看着……

半月之后的一个夜里,一场罕见的大暴雨袭击了柳林镇。我们一家再不需要担心田里的水沟不通,都安心地躺在床上,静听着屋外的风雨声。忽然娘喊:你们听,黑鹅叫!全家人一齐抬头侧起耳朵,果然,从风雨声中,辨出了我们听熟了的黑鹅的叫声:嘎——嘎——嘎——,但那声音里已没有惊慌,倒像是透出了几分痛快。

我后来就在风雨声中恍恍惚惚入睡，没有去听爹和娘关于那鹅怎么又会迷路的议论。可那晚我的睡眠很不安宁，老做梦，总是梦见自己手捧一块大烧饼，急急往家走，而黑暗中老有一只黑手伸过来，一会儿把那饼掰走一块，一会儿掰走一块，急得我几次从梦中醒来。

第二日，晨起，雨已住，哥从铺子里回来，说：昨夜，桑叶田地乳泉旁的两间工棚在暴风雨中塌了，十几个建筑工人被砸伤。据一个未伤的工人讲，雨下大时，他忽然记起有一条裤子还晾在棚外，便顶了件雨布出去收，出门后，在风雨中，他猛地瞥见平日缓缓流淌的地乳泉，那刻正呼呼涌出几米高的水柱，那凶猛的泉水和着地上的雨水猛烈地冲击着工棚的后墙，他还没来得及喊一声，那工棚就一下子塌了。工棚刚塌，那泉水忽又小了，到了今天早晨，泉已完全干掉，滴水不流。

真的？爹、娘、小妹和我，一齐惊住。